季語のごちそう Ⅱ

Yamamoto Yoko

山本耀子エッセイ集

ふらんす堂

火と水を使ふしづけさ桜咲く

玉藻

季語のごちそうⅡ・目次

季語のごちそうⅡ

春

恵方巻き

女三十三歳の大厄の折、厄除けにと五色を編みこんだ組紐「道明」の帯締めを買ってもらっている。長いもので厄を払うという意味があると聞く。厄年への意識は平安時代からあったのだそうで、いつの世も安泰に一生を全うしたいと願う気持ちは変わらないのであろう。

十九は重苦、三十三は散々、四十二は死に、など言葉の読みに当てはめ、その年齢を厄年とし気持ちを引き締めた。また数には吉とするものがあり、五、七は吉らしい。

元々は商売の魂胆からの恵方巻き、豪華版の品々を巻き込んだものが百貨店で売られたらしい。わが家では節分の厄払いとして、七色入りの太巻きを作っている。七色とは、干瓢、椎茸、高野豆腐の定番に始まり味の決め手の海老のそぼろ、厚焼き卵、焼き穴子、の三品にこだわっている。色と風味のための三つ葉を加え七品を芯に巻く。

祖母の作るそぼろは芝海老を使っていたが私は旬を問わぬブラックタイガーを使っている。擂り潰し、甘めに味付けしたものを湯煎にかけ、仕上げる。厚焼き卵は魚のすり身の代りに、はんぺんを潰し卵に混ぜ、遠火で厚焼き卵に焼く。穴子は酒ひたひたで蒸し煮、鰻のたれを足し仕上げる。具材を真ん中に寄せ巻くのにはそれなりの技がいる。普段より多めの鮨飯で巻くのでこの太巻き、恵方を向き丸かぶりは到底出来ないだろう。

点るごと立春の豆石の上　　原　裕

チーズ

「三宅が日本に帰って来るぞ」と父が言いにきた。三宅とは妹の嫁ぎ先である。その一家がロンドンに居住しているうちに行こうと、常づね話をしていたから俄かにロンドン行きが具体化した。初めての海外旅行に戸惑ったが父と一緒なのが心強かった。エアーフランスの機内食は中々のものだったが、下戸の私はワインには縁がなくノーサンキュウを繰り返す。食事を楽しんでもらおうとのサービス心のスチュワーデスが、傍にきて小皿のものを勧めた。それはチーズだった。三十数年前のこと、ウオッシュタイプを口にしたことがなかった私だが、とろりとした舌触りとぷんと鼻に抜ける漬物のような匂いが気に入った。キュレ・ナンタインというフランスの田舎で創られたものだと言う。ざっくりと切って持たせてくれた。これがチーズに病みつきになるはじめである。

　ノルマンディの朝市では娘さんに呼び止められ土地のチーズを買った。食べごろの日付を説明してくれている雰囲気を感じ、飛行機の飛ぶ格好をして日を記すと、大丈夫というジェスチャー、二人でにっこりし合った。

　今年も明石のいかなごの解禁日には佃煮を作った。神戸から東京へ嫁いだ友人にいつものように送る。友人は珍しいナチュラルチーズを届けてくれた。干しクランベリーに包まれたチーズは甘酸っぱい果物のような食感である。フランスパンの薄切りをカリッと焼きチーズを塗って食する。赤ワインと合うのだろうなぁ。こんな珍しいチーズも国内で頂ける時代がきた。


　チーズ直ぐ口に溶けたり青田の旅　　皆川盤水

楤の芽

絵を描く趣味のドクター方が集い、クロッキーを楽しんでおられる会に誘われメンバーに加えていただいた。中に蕎麦打ちも趣味といわれる先生がおられた。何かの拍子で手打ち蕎麦を肴に一杯飲もうという話になった。新参者の私は黙って聞いていた。「蕎麦には天ぷらが合いますなぁ」と献立まで決まる。グループの中で女は私一人、しかも下戸、お手伝いさんよろしく我が家でと言うことに決まってしまう。天ぷらは揚げ立てが良いことは分かっていたが、やむ無く揚げたものを電子レンジで温めて出すことにした。鱚、海老などの他に楤の芽、蕗の薹も加えた。持ち込みの池田の酒と手打ち蕎麦がメインの宴会は盛会のうちに終えた。

楤の芽は山菜の王者として賞味され、そのほろにがい若芽が好まれ天ぷらや和え物にする。楤の芽をさっとゆで細かく切り、ごまや胡桃で和える。白和えも美味だ。

日本では古くから樹皮、根皮を糖尿、腎臓、胃腸病の民間薬として煎じ薬にしたとあった。楤の葉のほろにがさの成分はサポニンで、免疫力が付くと確認されたという。楤の木の太い幹のとげを除き擂粉木に利用していた昔、そのすりへった分が知らずしらずの薬だった。経験で薬効があることを知って伝承されていたのだろう。

白っぽい幹は直立していて鋭い棘があるところから「鳥とまらず」の別名があるそうだ。だが人間は棘など気に留めず、見つけると山歩きのリュックに詰め持ち帰る。


岨の道くづれて多羅の芽ぶきけり　川端茅舎

鱵

春を実感する食べ物に、蕗の薹や土筆、蓬などの野の物がある。魚屋に白魚や鱵、蛤などがお目見えすると、本格的な春がやってきたと俄然食欲が湧いてくる。鱵は春告魚とも呼ばれる。人が春らしい薄物の装いを始めるころ、薄々と透けるような魚たちが登場する自然の不思議が嬉しい。石川県では「花見魚」と呼ぶのだそうだ。花見の弁当を飾るのに最高の白身魚である。

鱵の「さ」は狭長なるの意味、「沢寄り」は多く集まるの意で、群れを好み身体が細長い魚で「さより」と呼ばれるようになったとのこと。北原白秋は「サヨリはうすい　サヨリはほそい　ぎんのうおサヨリ　きらりとひかれ」そして「おねえさまににてる」と歌っている。

全長四十センチほどの鱵の特徴は口の下顎が長く突き出ていること。この不便な形の訳は分からないらしいが、想像するに藻にいる餌を突っついて追い出すのに便利そうだ。

新鮮さを見分けるには、この下顎の先が赤く色づいたものが良いとのことだ。この華奢で品のよい魚の腹膜が真っ黒なので、俗に言う「腹黒い人」の代名詞に結びつけられ気の毒な話である。

三枚におろし昆布締めの鮨種、糸作りの刺身、天ぷら、椀種の結び鱵、など高級料亭のお品書きに目が留まる春ではある。

遠雷にあをむ鱵の一夜干　　山尾玉藻

きな粉

蓬入りのおはぎ、今年は二回作った。一回目は彼岸のお中日で神主さんのお祓いのお茶菓子用である。「今年も美味しく頂きました」と軽く二拍手し箸を置かれると何かしらほっとする。嘗て、蓬は細い道の脇に沢山芽吹き必要なときにはひょいと屈んで摘んだものだ。しかし今では愛犬家の散歩道となり草むらは要注意となった。それで、おはぎ用の蓬を庭の片隅にわざわざ繁殖させている。糯米は母の実家を嗣いだ叔父夫婦の作ったものであり、微笑んでいる母の写真への何よりの供え物である。二回目は牡丹桜のお花見用。花より団子とはよく言ったもので、花を愛でる間もなく塗箱の中は空っぽになる。外気には食欲を増進する何かがあるようだ。以前は粒餡、漉し餡、きな粉の三種を作っていたが、とうとう漉し餡ときな粉の二種となってしまった。

きな粉を求めにスーパーにいくと、種類の多さにどれを買うか迷ってしまう。国産大豆は勿論のこと、黒大豆、煎り胡麻粉入り、粉末の黒砂糖入りなどある。つまるところ餅用だけではなく、ヨーグルトや牛乳に混ぜて大豆蛋白の栄養を摂取するのを勧めてのことだと思われる。白ご飯を一口サイズに丸め残ったきな粉をまぶす。使いきれなかった残りものの利用なのだが、これが中々旨い。口中に広がるきな粉の温かさとほんのりとした天然の素朴な甘さがいい。齢を重ねると、微妙な味を探り当てる感覚が育ってくるのかも知れない。

草餅の黄粉落せし胸のへん　高濱虚子

いかなご

「火事です！　火事が発生しました！」セコムの警報盤が叫び続ける。「えっ、どうしょう」大慌てのわたし。ファンの「強」を闇雲に押し、窓を開け放つ。数分後台所の煙は消え、警報盤は黙った。さてその煙の正体は何か。餅網に鮊子《いかなご》の成魚を載せガスコンロにかけ、焙り焼きをしていたところだった。まるまると脂が乗り、焼くと溶けた脂がガスの焔に落ち煙を発生させる。その煙の凄いこと。煙探知機がすばやく察知し警報を発したのにも頷ける。セコムにお詫びの電話をしたことは勿論である。しかし文明の利器というものは、ほんと融通のきかぬやつだとつくづく思う。

この五、六センチぐらいの鮊子の成魚を「ふるせ」と産地の垂水の鮮魚店では言うらしい。このふるせを焙って酢醤油に浸す。夫は釜揚げの鮊子の稚魚「新子」も好物で、おろし生姜とぽん酢の小鉢を用意する。このシーズンのふるせの天ぷらも美味しく頂ける。

新子の漁の解禁日は大抵ラジオやテレビでそのニュースが流される。京都へ嫁いだ娘から電話で「いよいよ釘煮のシーズンやね」とそれとなく催促される。出始めの細かいものは煮くずれやすいため敬遠しやや大きめを待つ。最初から調味料にたかの爪と生姜のすりおろしを入れ、出来上がる頃に更に針生姜を加え、山椒の実を混ぜるのが、私流である。

鮊子の釘煮といふもやはらかき　伊達雅和

土筆

英語のCOOL（クール）は、「涼しい、冷たい、冷静な」の他に「かっこいい、粋な」の意味がある。外国人から見て日本のクールを見つけようというテレビ番組がある。ある時のテーマは「米」。日本は昔から豊葦原の瑞穂の国と呼ばれ、米なしで日本の文化は語れない。

京都の食事処「なかひがし」は米がメインディッシュと銘打っているだけあってご飯もうまい。信楽焼きのねばりが吹きこぼれぬ工夫の土鍋で炊くご飯は、コースの終わりに炊き上がるよう竈に火をいれる。飯になる前のアルデンテを一口、次に蒸らして旬の漬物とめざしでご飯を頂く。最後におせんべいのようなおこげにオリーブ油をちょっと付けて、すっかりご飯を頂ききる。米を水だけで調理し美味しい料理に変える、クールな技である。

料理人中東氏は京都花背の料理旅館「美山荘」に生まれた方。山や野原を歩く気分をそのままお客さまに味わって欲しい、が氏の哲学と聞く。その日も残雪をイメージしたという小さいいなり飯込《いこみ》が出された。揚げの裏を使うことで残雪を想像させ、もち米の飯《いい》に蕗、干ぜんまい、豆など刻み入れ春の山から芽吹く様子を表現。揚げの上に土筆が可愛く載せられて、季語そのものを頂くような一皿だった。

母と土筆を摘んだ幼き日が蘇った。摘み草の楽しさと土筆が食べられるものということを知った日でもあった。

「はい」と言ふ「土筆摘んでるの」と聞くと　　小澤　實

独活

「こちらの子を頂いてよろしい」「どうぞどうぞ」。冷たい雨の中、三田から車を走らせてきたその人からその子を抱き取った。阪神大震災が起こる少し前、十年いた子をフィラリアで死なせてしまっていた。もう犬は飼わん、と夫に言われていたが犬のいない一年の何と味気ないこと。柴犬の雑種が条件で探してもらっていた。二匹のうち一匹はタオルに包まれ寝ていた。もう一匹はやや小型で眉間にしわがあって気になった。が上目使いに私を見上げた目が「ぼくどおぉ」と言っているようだった。その子に即決した。

お礼を送ったらお返しにりっぱな独活を一箱頂いた。独活のもつ香気は早春の匂いでもある。香りと歯ざわりを食するとは日本料理独特の発想であろう。

短冊切りの酢味噌和え、澄まし汁の具、サラダ、太い部位を上等のだしで薄味に煮含めるなど、惜しげもなく使わせてもらった。成長すると高さ一メートル以上に伸び、風も無いのに自分で揺らぐので「独活」という名が付いたと言われている。「うどの大木」は役に立たぬ人のことを喩えて言う。薹が立つ、とか青菜に塩、と野菜は人の描写の引き合いに出されることもよくある。

独活浸す水夕空につながりて　村越化石

摘草

摘み草と言えば、『万葉集』の雄略天皇の長歌「籠《こ》もよ、美籠《みこ》もち、掘串《ふくし》もよ」が思い出される。籠を携え春の野に出て食用になる蓬、土筆、芹、野蒜など摘み草を楽しむのは古の世から続いてきたようだ。天皇は丘で摘み草をする乙女に声をかける。「美しい籠、スコップをもつお嬢さん」「家はどこ、お名前は」「私の名は言えないが大和の国を支配するものです」と声をお掛けになるのである。古代では女性が名乗れば男性が通ってくるわけで、一目惚れもいいところだ。なんと大らかで明けっぴろげな行為だろう。

山のすそ野まで開発が進んだ昨今、摘み草の出来る野原は遠くへ押し遣られ、今では贅沢なお遊びの部類に入るのだろうか。幸い我が家は片田舎にあり、庭の片隅に芹こそないが、蕗、蓬、野蒜が採取出来る。

蕗の薹の固い蕾は朽ちた落葉の中でひっそり育つ。腰を屈め土に這いつくばって採る。昨今、犬の散歩が増え田の畦の蓬の採取があやしくなり、数年前から庭の隅に蓬を移植した。柔らかい蓬が安全に摘めている。野蒜はけっこう繁殖する。らっきょのような根は酢味噌和えがよい。蕗味噌や蓬をおはぎにと彼岸のころは忙しい。

高貴な方のお声掛りもなく、ひたすら竹かごを満たすことである。

摘草のこゑは応へてなほへだつ　　上田五千石

花菜漬

「九十歳のお婆さんの漬けた最後の花菜漬です」と京都の友人が小分け袋を数個送ってくださった、その中の一つにはたかの爪入りのものがあった。私の知っている花菜漬は緑鮮やかで花も黄色のものなのだが、それは古漬けの色だった。食べてみると少し酸味はあるものの旨みが深い。浅漬のあっさりした味ではなく、じっくり乳酸醱酵させた漬物なのであった。京都には酢茎漬という伝統の漬物があるがその製法が取り入れられているのかもしれない。

後で友人から聞いた話によると、九十歳のその方は前日までお元気で自転車に乗って走り回っておられたという。残された花菜漬の樽を遺族の方が開け、ご贔屓のお宅へ配られたのだ。それを頂戴したのだった。

松ヶ崎、今の北山通辺りは嘗て畑のひろがりを見せていたという。その畑には漬物屋に納めるための菜の花が育てられ、一夜のうちに黄ばみはじめた莟は摘まれなくなった、と伺った。漬物屋一軒一軒の味は微妙に異なるが、自然と贔屓の味が個々に決まっていったのだろう。振り売りという生産者と消費者をつなぐ商売は人情という味付けもなされていると思う。

花菜漬遠忌の箸にあはあはし　大野林火

蒜

「今年の夏はどうでしたか」と美容室のマスターに聞かれた。初夏のころの体調がよくなかった、というと「僕は毎日蒜《にんにく》食べていたせいか元気だった」という。うーん蒜ねぇ、と心の中で呟く。ステーキハウスで蒜は、と聞かれるとお願いします、と答えるしイタリアンには常日頃風味付けに使っている。調味料の一つとして我が家でも使う結構好きな食材である。

原産は中央アジアで、古代エジプトでも食べられていたという。日本には奈良時代に伝わったとあるから恐らく中国からだろう。香りのもとはアリシンという物質でビタミンB１の吸収を促し疲労回復効果もあるという。マスターの元気の源はこれだったたか。

蒜や韮は土の栄養をすっかり吸い上げるのでその跡地には何も植

えられないと、農家の人に聞いたことがある。いかに土壌が野菜作りに大切かを知った時でもあった。肥えた土壌で育った野菜には栄養素以外の「味」が備わっている。吾が国土で育った蒜を愛して止まない。蓋付きの素焼きの壺に保存している。玉葱と蒜をみじん切りにし炒め、残りご飯とあわせる「蒜炒飯」は意外とさっぱり頂ける。軽く塩・胡椒し最後に鍋肌から、醤油をじゅっといわせるのがこつである。

困難を耐え忍ぶという意味の仏教用語「忍辱（にんにく）」が語源というから精々蒜を利用しよう。

蔵王背に蒜洗ふ夕まぐれ　　蓬田紀枝子

母は

いつの頃からか、母が食事の途中でくしゃみを時折するようになっていた。ごめんごめんとご飯粒を飛ばさぬよう手拭で口元を押さえながら、年寄はほんとに爺むさいねぇと自嘲の笑いをもらすのだった。それが誤嚥の前触れだと知ったのは、私がその母の年齢になってからのことである。また、和式のトイレを使用したあと、立ち上がるのに時間がかかるようになった。洋式に改造し喜んでもらったが、母の大腿四頭筋が弱っていることには気が付かなかった。高血圧症は本人が自覚していたが糖尿病は私の夫が見つけた。成人病は自覚症状が顕著に現れるものでなく、この沈黙の病魔は自己管理を怠れば確実に体を蝕んでゆく。夫に先立たれ気を遣うことの無くなった母はテレビの虫になって日々を送るようになっていった。定期的に血圧測定をし、採血で血糖値を確かめる主治医の役を私の夫が担当。穏やかで平安といえばその通りの歳相応の生活を送っていた。が、外科的処置を余儀なくされ、病院嫌いの母だったが入院。二度の手術に点滴だけの毎日が続いた。ある時、メロンの汁を吸飲みに入れ少し口を湿らすとくくっと飲み、にっこり笑った。時には、旅立ち用の白衣を用意してあることや、形見分け用に縮緬の白の反物を用意してあることなど、真顔で伝えるのだった。

ある夕方、私に代わって寄り添ってくれていた末娘が帰宅して「ママのこと何回も呼んでいたよ」と言う。何の用だろうと、気がかりな気持ちをおさえつつ病室に入ると待ちかねたように、何度も「ありがとう」と言われ返答に困った。それからすぐに昏睡状態になったのだったが、これが母の思い通りの脚本の締め括りだった。

庭の彼岸桜が咲き始める頃だった。

仔山羊啼く彼岸桜につながれて　　青柳志解樹

菜の花

菜の花と言えば小学唱歌や、二月十二日の司馬遼太郎の菜の花忌を思い出す。菜の花忌は氏の作品『菜の花の沖』という小説に由来するという。近鉄線の八戸ノ里駅で下車し、プランターに咲く菜の花を辿って行くと自然に司馬遼太郎記念館に着く。庭中にも菜の花のプランターが置かれ二月の寒さを忘れるほどだ。花が終わって種が目立つ頃にも訪れたが、ボランティア活動としてのプランターの清掃に出会ったことがあった。司馬遼太郎への尊敬の念が菜の花栽培から伝わってくるのだった。

徳島産とある十二、三センチに切り揃えられた菜の花の束、辛子酢味噌和えにと求めた。四角にまとめられたラップ包装を見ると、ハウス栽培の丈の揃った菜の花を鎌でざくざく刈り取ってゆく様子をイメージしてしまう。我が家では菜の花と言えば、茎立菜として蕪の花や白菜の花なのである。咲くすこし前を指で折り集め、軽く塩を当て、汁を絞ってから出汁醤油、酢をたらし入れ味の加減をみた上二、三時間置く。その間昆布一片と塩少々でご飯を炊く。漬け菜を細かく刻み、炊き上がったご飯に混ぜる。ご飯粒の所々に黄色の蕾が見えるのも春である。本来「菜の花」は油菜のことでその種から菜種油を採るのである。河川敷や町の美観のために育てているのは、芥子菜だそうだ。いずれも群れて咲くと美しい。

いちにちにハンカチ二枚菜が咲いて　　星野麥丘人

桜湯

牡丹桜の木が庭に二本ある。満開のころ桜の下で俳句仲間と莫蓙のうえの句会を何回か開いた。

銀行のテニスコートが中山寺にあった頃、テニス部の後援者として父はちょっとした暇が出来ると、清荒神の自宅から覗きに行くのが常だった。若いテニス部員の迷惑も顧みることなくである。その償いのつもりもあってかテニス大会の折「みんなに握り飯作ってくれないか」との父の願い出に、えんどうご飯の握り飯と味噌汁の炊き出しをしてねぎらったことがあった。

その後、将来の両親のことも考え、親の家の隣へ売布から住まいを移した。その折テニス部の方々が記念樹として牡丹桜を選んで植えてくださったものが花を見せてくれるようになったのだ。

ぽってりと咲いた八重桜は吉野桜とは違った趣だ。桜時に来られたお客さまが塩漬けにするので少し頂いてよろしいかと所望されたことがある。作り方を伺ったが、今年こそと思いつつ未だ作れずにいる。塩漬けには七分咲きぐらいが良いとのことだが、収穫のタイミングが難しい。

結婚祝いに来ていただく方々のために、桜の塩漬けを用意したことが懐かしい。お出しするための湯のみの選択にも気を配った。塩だらけの花の粗塩を先に流して置き、熱湯を注ぐ。ふわりと花が開く様子にめでたさが倍増する。「お茶を濁す」の意を避けての桜湯、日本人の繊細さを感じる佳きしきたりである。

桜漬白湯にひらきてゆくしじま　黒田杏子

蛍烏賊

蛍烏賊の味を知ったのは、四十を少し出たころだった。流通のよさのお陰で今は乾物屋で簡単に手に入るようになったが、嘗て産地外では珍しい食材だったと思われる。どこかの小料理屋で出された小鉢から病みつきになったのだが、料理方法も知らず最初は酒でさっと洗い酢味噌で食していた。

幼い頃、歯痛に母が正露丸の欠片を虫歯の穴に詰め応急処置をしてくれたことがあった。噛んだ蛍烏賊の目玉が奥歯に挟まった感覚がそれと同じで、不愉快な思いをするのだった。聞けば目玉は丁寧に取り、軟骨も料理用のピンセットで抜くことを知った。それ以来、卵で腹の張りきった蛍烏賊を美味しく快適に頂けるようになった。相性のよい若布や分葱との酢味噌和えが旨い。蒜を利かせた蛍烏賊のスパゲティも中々のものである。

酸素で満たしたビニール袋で金魚は輸送されているが、蛍烏賊もその要領で鮨屋に届けられる。活けの蛍烏賊を握ってもらったことがある。運搬技術に驚くあまり、味はすっかり忘れてしまっている。

発光器をもつ蛍烏賊はその名の通り、海中の闇を蛍のように群れ飛ぶ、いや泳ぐのだと言う。海から星の光を手繰り寄せるように網を引く漁法は、さぞかし美しいことだろう。蛍烏賊ツアーと称して観光船があるのだそうだ。夜中の二時に沖へ出ると聞く。


まっくらな海へ見にゆく蛍烏賊　　深見けん二

和菓子

元々几帳面な性格の夫が本業を離れ高齢者になってから、違った面で自分のルーチンをきっちり守っている。週三回のジムでの運動、普段の三千歩のウォーキングである。適度な運動を怠れば寝たきり老人になる、を見て知っているからだろう。散歩の帰りの途中清荒神の参道に出るコースと自分で決めているようだ。餅屋に立ち寄り蓬入りの餅を三個買ってくる。搗きたての柔らかい草餅は何かしら懐かしい。最初は笑ってお相伴していたが、毎回となるといい顔もしていられなくなった。

季節を先取りした和菓子の陳列は、暦を見るより、実感として四季を感じとれる。花びら餅、桜餅、柏餅、水無月、葛餅、葛切り、団子で、行事の映像までが浮かぶ。エリザベス女王が来京されたとき、丁度菖蒲が咲く頃でその雰囲気を京菓子に紫色として表現したと聞いたが、日本人の感性の細やかさそのものだろう。

オオシマザクラの葉の塩漬けに包まれた桜餅、今年は何回も食べた。桜の香りとしょっぱさが餡とマッチして、年寄りにうってつけ。関西では道明寺を使うが、関東では長命寺（小麦粉を薄く焼き餡を包む）を使うらしい。薄桃色の道明寺のあのもちもち感が好みである。さて、蓬を摘み香りあふれる蓬入りおはぎでも作るとしよう。

大きいやうな小さいやうな草の餅　山尾玉藻

チョコレート

四年生の頃、小学生新聞を読み驚いたことがあった。それは飛行機にのって日本へサンタクロースがやってきたという記事である。タラップでサンタクロースが手を挙げている写真も載っている。サンタクロースの存在など、戦争耐乏生活を過ごしてきた日本の子供たちの誰が知っていただろうか。この記事は子供心を十分に刺激し、そしてサンタクロースがいると信じ込ませてしまっていた。

六年生のクリスマスだったと記憶する。朝起きると枕元に何か置かれていた。包装紙を開けると立体的な花柄の紙箱がセロファンで包まれた、今までに見たことのないものが出てきた。箱の上の紙には毛筆で横文字が書かれていた。今思えばMerry Christmasとでも書かれていたのだろう。毛筆を見て、これは父が置いたものとすぐ判った。が咄嗟に親をがっかりさせてはならぬという気持ちからお芝居をした私だった。

子供が大人になる線引きの一つはサンタクロースを信じているか、いないかだと思う。

箱はチョコレート。進駐軍の兵隊の投げてよこすものとは大違い。当時外国人専用の店があり、横流しという手段がこっそりどこかで行われ、回りまわって父の手に入ったのだろう。沢山食べると鼻血が出ると言われ、素直に二個ずつをちびちび食べた。こんなお菓子が此の世にあるのかと驚きも味わった。

大いなる義理とて愛のチョコレート　　堀口星眠

耳たぶ

高倉健さんが八十三歳で俳優人生を全うされた。最後となった映画の撮影風景にNHKのカメラが自然体の健さんを捉えている。クランクアップの日「ご苦労さん」と共演の綾瀬はるかさんに声をかけるシーンが印象的だった。はるかさんは健さんの傍まで来て「耳大きいですね。福耳ですね」と彼を見上げて言う。「そうッスか、あんまりいいことないッスよ」と照れるように耳を撫でられた。

父が出張の帰り機上で隣に座られた女性のことを褒めたことがあった。その女性とは当時NHKの人気番組「私の秘密」にレギュラー出演の塩月弥栄子氏。お家柄の性もあって、きっと立振る舞いの美しい方でもあったと思われるがそのことは口にしないのである。意外なことに「きれいな耳の方だった」と言うのである。男性のそれも初老の代表のような父の言葉。美意識の意外性とこまやかな観察力に驚いてしまった。

聴診器が商売道具である夫は耳が汚れると言い、入浴時手ぬぐいを固く絞り丁寧に拭う。五十年以上そうである。そのためかどうか、小牡蠣の腹のようにぷっくりした耳たぶがほんのりもも色だ。耳には健康に関するツボが密集していて耳のマッサージはいいのだそうだ。

南イタリアで食べた、耳の形の手打ちパスタのしこしこ感をときおり思い出す。

かたくりは耳のうしろを見せる花　　川崎展宏

夏

甜瓜

昭和二十三年の真夏、妹が生まれた。戦後まだまだ医療施設は貧しく、お産は自宅ということになった。三十六歳の高齢出産、ご近所さんのご推薦の評判の産婆さん宅へ父と挨拶に行った。いよいよという場面は、今に見るテレビドラマの一シーンのようだった。両親と私の三人家族だったから、父が湯を沸かした。下りてきてよいというまで、私は二階に控えていた。「出来立ての妹」に対面する頃には、なごやかな空気が座敷に漂っていたが、十三歳離れの妹に私は少し戸惑っていた。横になっている母に促され、産婆さんに麦茶と甜瓜《まくわ》をお出しすると、種ごとパクパク食べられたのには驚いた。

甜瓜は西瓜や果物に代わるもので、当時決して粗末なものではなかった。紀元前百年頃の中国。馬王堆《まおうたい》漢墓の軑侯《だいこう》夫人のミイラの胃の中から百粒程の甜瓜の種子が発見されたという。軑候夫人も種ごと召し上がったのだ。『万葉集』には宇利《うり》として詠まれているというから、瓜の歴史は古い。
胡瓜もみ、瓜もみの料理方法は同じだが食感は微妙に異なる。胡瓜はうなぎ、芝海老、塩くらげ等と相性が良いが瓜は青紫蘇の千切りぐらいだろう。暑気払いに向いている。隼人瓜はお婆さんの口元のような皺が可愛い。

フッホッと瓜の種吐く老の口　　前田普羅

取れ立て

朝掘りの筍、と言われても口に入るのは掘ってから一日は経過している。本当の掘り立てを手にするのは、筍山の持ち主や産地の料理店などと限定されるだろう。竹林での朝掘りを焚火に投げ入れ皮が焦げたところで剥き食する映像を見た事がある。これこそが取れ立てだ。米も今年米がうまい。新米の炊き立てに卵の黄身を割り入れ醤油をたらす卵ご飯、絶品だ。

函館に一泊した時、夕食後おねえさんが朝食に烏賊の刺身はどうか、と注文をとりにきた。勿論お願いした。夜明けに届いたという烏賊の糸造りは今まで食べていた「白」ではなく透明感のある繊細なる美しさで、食せば甘く嚙めばとろりと喉を通る。新鮮即ち取れ立てに勝るものはない。このように、手を色々加えなくとも取れ立ては其の物が持つ旨さを秘めている。

菜園を止められない理由はそこにある。トマト、茄子、胡瓜、蚕豆、豌豆、人参、アスパラガス、南瓜、西瓜などプロの農家の方の応援で作ってきた。中でも蚕豆、豌豆は抜群の美味さだ。蚕豆は綿入りの莢から出し身に切り目を入れ塩ゆで。豌豆の水晶煮、豆飯、取れ立ての味は嘘をつかない。今年スナップ豌豆の花がちらほら咲く頃、根を残し鵯に食い尽くされた。豆苗という中華野菜があるのだからきっと軸も美味しいのだろう。

そら豆はまことに青き味したり　　細見綾子

岩魚

　中学の同期生達が、親しみを込め「みやもっしん」と呼ぶその人は宮本徹雄氏。彼の岩魚釣りは二十七歳ごろから始めたのだという。電話した日も大山の泉谷川から帰ってきたところだった。今年は遅くまで雪が降り水温が低く収穫は少なかったとのこと。河川の最上流の渓谷の岩陰に身を潜め棲んでいる所為で、岩魚の名が付いたのであろうか。釣り人には淡水魚の中で鮎が一番難しいと思っていた。鮎、山女、岩魚の順に生息場所は川上へと上る。真夏でも水温十五度以下の冷水域は長靴をも通すつめたさだそうだ。大瑠璃の声、新緑、峪の水音だけの世界に身を置くその孤独感が太公望の醍醐味なのだろう。釣ってすぐ川原で串焼きで食べる。岩魚の骨酒が格別だと聞いた。

二十〜二十五センチ位の岩魚を炭火でじっくりと焼く。焼きあがったら大きな容器に横たえ、高温の燗酒を注ぐ。醤油、酢を数滴垂らすのが彼のやり方だと言う。人肌の温度になれば同志で回し呑み、野趣を愉しむのだろう。
　この話からどうしても骨酒なるものを試したくなった。山中温泉の「かよう亭」に宿泊の折、下戸を顧みずお願いしておいた。笹を少し残した青竹が運ばれる。竹の注ぎ口から香ばしい酒を盃に受ける。魚からの旨みが溶けこんだ酒のおいしいこと。酒に火が入っているのでアルコール分はすくないですよ、と仲居さんは微笑む。が夫も私も飲み切る頃には顔のほてりを収めるのに必死だった。最後に竹筒からふやけた岩魚の貌が滑り出た。

古るままに葛がくれなり岩魚小屋　　水原秋櫻子

レスト・ルーム

カラカラ浴場跡の公園で野外オペラを鑑賞した時のことである。チケットを見せ、案内人に誘導された階段状の座席にほっと座る。満席の辺りを見渡すと、髪の毛の色とりどり、言葉のとりどりが交錯する。ざわめきの中日没を待っていた。夫ともどもイタリア語は全くの音痴の二人、席についても辺りの空気感に馴染めない。そのうちトスカの舞台は順調に進み幕間の休憩時間に入った。トイレへと人が動きだし、私もそれに従った。トイレの前にはお婆さんが小皿を持って立っている。チップの小銭がいることをすっかり忘れていて持ち合わせがない。「ごめんなさい」と日本語で言い個室に飛び込んだ。

ロンドンの動物園に行った時は一人ずつにチップと引き換えに

ロールの紙を一回分、切り取って渡された。チップこそ取らなかったが、スペインのレストランのトイレは開けた途端、真っ黒の壁にはめ込まれた鏡に映る自分にぎょっとした。ドイツでは道路沿いのトイレはコインを入れるとドアーが開き、中に入ると自然に閉る。出るときどうやって出たのか忘れたが寛ぐどころか密室による不安が先に立った。モスクワの空港トイレはドアーの下が随分と空いていた。治安の関係からだと聞いた。全世界を回ったわけではないが、日本のように無料で温水洗浄便座付きのトイレが公の場所に備えられている国はそうないのではないか。個室、ペーパー、陶器は「白」。その日の自己管理をする一つの手立てとしたい。

なんと丸い月が出たよ窓　尾崎放哉

辣韮

国民学校と呼ばれた当時も今と同様地区ごとの集団登校だった。異なっていると言えば、ランドセルと防空頭巾のたすき掛け姿。大人の付き添いなしながら、上級生が前後を固めた縦列で、同級生同士手を繋ぐきまりだった。手を繋ぐお相手は「堀くん」。一人っ子だった私は親以外の人と手を繋ぐことがなく、大人しい堀君をきょうだいのように思ったりした。いがぐり頭と顔のバランスが丁度辣《らっ》韮《きょう》のようで、可愛い僕ちゃんだった。辣韮を食べる時、ふと思い出す。堀君の家の辺りも、豊中大空襲の時一トン爆弾落下地区だったから、その後の消息は知る由もない。

カレーライスに添えられている甘酢漬けの辣韮、たいそう優秀な漬物のようだ。匂いのもとは硫化アリルの成分によるとのことだが、血液を浄化し血行をよくし、循環器の機能を正常にするとのことで毎日三~四粒食べることにしている。夫は辣韮がちょっと苦手なので細かく切りサラダに混ぜ提供する。夏バテにはビタミンB1摂取が良いと言われているがそのB1の吸収をよくする効果もあるそうで、夏には欠かせぬ漬物である。「畑のくすり」と呼ばれて久しい。何にでも言えることだが、過ぎたるは猶及ばざるが如しで、食べ過ぎは胃に負担がかかるので要注意である。鹿児島の吹上砂丘育ちは繊維が細かくシャキシャキ感がよく、また、鳥取砂丘も産地として名高い。

海を見に花らつきようの畑を抜け　　竹川せつ子

プチトマト

「トマト畑に医者いらず」。トマトはそれほど健康に良い夏野菜なのだから、食べなさいと母は言っていた。トマトの効能は抗酸化作用や老化予防作用、夏バテの予防効果など。母の言葉はこのような科学的な知識に基づくものではなかったが、母の言を疑わずちょっと青臭いトマトをしっかり食べたものだ。今になってトマトに含まれているリコピン、クエン酸、カリウム、食物繊維などが、医者いらずの仕事をすることを理解している。

今年デルモンテ社から売り出した中玉トマトとプチトマトの苗二本ずつと、トマト用の土のセットを購入し、プランターに植えた。プランターは目の届く所に置き、鴉の襲来に備える。支柱を立てたり脇芽を掻いたりし、水遣りを怠らなかった。結果、六月の末から色付き始めた。湯剝きしてサラダの彩りにする。色付くまで枝に留め置くことの大切さを実感する。味が良いトマト作りには、「枝での完熟と太陽の照射」が欠かせない。

ハウス栽培が一般化しているが、それは消費者が形や色を重視した所為かも知れない。現にトマトジュースは、見場の悪い売れ筋が悪いものの完熟を使用しているという。パスタのソース作りは生より完熟の缶詰やジュースを使用する方が、栄養摂取の点で合理的と言える。

ゼリーに包まれたトマトの種。あのゼリーは発芽防止のため種を保護するのだと今夏知った。

昭和遠し冷しトマトといふ肴　　伊藤伊那男

蚕豆

お多福さんのシルエットの蚕豆が大好きだ。美味しい季節は四月中旬から五月にかけて。綿入れの莢に並んだつややかなうすみどりのべっぴんさんに、包丁でちょっと傷をつけ塩湯掻きにするだけのシンプルなものなのに、春そのものの味が詰まっていて美味。栄養のバランスの整った夏野菜の一つで、他の豆に比べビタミンB群が豊富だという。含まれているレシチンが良い働きをするようで動脈硬化・高血圧予防にぜひ摂りたい野菜の一つである。

さほど土壌が肥沃でなくとも秋に蒔けば、素人でも育てやすい野菜だ。紫に黒を配したこの豆の花が可愛い。実は莢のなかで育つのだが、その莢が空を向いて熟成していく。莢の中の豆の収穫どきの目安は莢が土の方を向いたころ。

鶏がらスープベースの蚕豆ポタージュは、緑のあっさり感が旨い。少し老成した蚕豆の実を取出し甘めに煮ると、これがまた栗とも甘諸とも違う舌触りがこたえられない。

父が大病を得、退院後自宅療養の折、五、六人ずつ親しい方々をお呼びし、昼食会を開いていた。花外楼から簡単な弁当を取り寄せ、吸い物とつまみは私が担当した。つまみは蚕豆の塩湯掻きがどうだと父。前日から注文してあった蚕豆の下ごしらえにかかる。塩湯掻きだが、新鮮なものはすぐ柔らかに、しかも鮮明な色にあがる。朝採れが最高だろう。自宅の畑で収穫したものの味を知っているだけに、八百屋からの仕入れには気を遣った。

この単純な蚕豆の塩湯掻きは大好評だった。


そらまめに夜が濃くなる一粒づつ　　野澤節子

黒鯛

「摂津の広野茅渟の海原……」小学校の校歌の歌い出しだが、意味も解らず大声で歌っていた。茅渟《ちぬ》とは大阪府の和泉国にあたる地域の古称と知ったのは成人してからのことだ。また茅渟とは茅渟鯛のことでもある。嘗て、大阪湾は茅渟鯛のよく捕れる海であったという。

茅渟鯛は別名黒鯛《ちぬ》で、高級魚である。海底の砂地などにいる警戒心の強い魚なので釣るにも技術を要するとのことだ。産卵期は春から夏で、十分に成長すると六十センチ位にもなるという。そういえば今治の鮨屋に入った時、鱗一枚ずつがはっきりし、口を開けた巨大な黒鯛の魚拓が掛けてあった。めったなことでは大物は釣れないのだろう。生物の世界には摩訶不思議なことがある。この黒鯛幼少のみぎりはすべて「雄」で、五年魚の三十センチ位になれば「雌」に性転換するのだという。

黒鯛は初夏が旬、刺身、洗膾、塩焼きが定番だ。栄養の特性は真鯛と大差はないというが、調べるとナイアシンは黒鯛に多く含まれている。ナイアシンは神経のいらいらや不眠に有効な成分である。だからというわけではないが、産後茅渟の味噌汁を頂くと母乳がよく出るとかで、長男出産の折お見舞いに戴いた。

縄文時代の貝塚から黒鯛の骨が出土していて、古くから食用にされていたと分かる。日本は島国である。古代は至る所、茅渟の海であったのだろう。

芭蕉葉に包みて黒鯛をもらひけり　　呉屋菜々

祭　鱧

「水無月なので山芋豆腐に厄除の小豆載せてあります」と三角の豆腐に仕立てたとろろの葛寄せが前菜に出された。ご亭主は俳句の心得をお持ちと内心思う。六月は三十日が丁度一年の折り返しに当りこの半年の穢れを祓い、残りの半分の無病息災を祈る夏越祓の日である。白のういろうの生地に甘煮の小豆を載せた「水無月」という和菓子が京に出回るころでもある。小豆は邪気祓い、三角の白は暑気払いの氷を模したといわれている。

焼き鱧入りのにゅう麺を椀物として頂く。鱧で若いオクラを巻いた天ぷらも出た。脇に鱧の骨煎餅が添えてあり、聞けば骨は干し、低い温度で揚げるとのことだったが家庭ではとても真似は出来まい。

デパ地下の魚屋で骨切り済みの一本をよく買う。落し鱧は骨切りの身を一口大に切り、さっと湯通しし、氷水に離す。ちりっと縮んだ鱧の身を梅醤油で食する酒のあて。下戸の私は、専らフライや天ぷらで楽しんでいる。小さ目に切った鱧を青紫蘇で巻く天ぷらは客料理にも向くだろう。ささがき牛蒡をすき焼き味よりやや薄めに煮て、骨切りした鱧の小口切りを並べ三つ葉を散らし卵で綴じる柳川風も熱々が美味しい。

天神祭、祇園祭が来る頃、鱧料理はなくてはならぬものである。鱧の骨切りは鱧の味を左右する。骨切りは何と言っても京都の板前が一番だろう。「瓢亭」で頂いた、葛叩きの鱧の切り身とあしらいの早松茸の汁椀は絶品だった。

鱧切りの包丁すぐに蔵はるる　　杉浦典子

黒いもの

戦後世の中が落着きを見せ始めた頃、イタリア人の開いたスパゲッティの店が宝塚に出来た。観劇の後や動物園の帰りに連れて行ってもらった。幼い頃のこと故味の思い出はないが、今も宝塚でその店は健在だ。今日のおすすめ、のメニューから「いかすみのソース」を注文する。美味しく頂いた翌日、トイレで仰天する。お通じが真っ黒、一瞬下血かと疑ったが冷静な心が昨夜の食事を思い出していた。

「いかすみ」は、たこの墨よりアミノ酸の含有量が多く腸内の掃除をよくするという。癌に効く成分があり、関節炎を改善する効果も高いとされ健康食品だそうだ。いかすみの入ったコッペパンもパン屋に並ぶ健康食品ブームである。蛇足だがセピア色とはいかすみで作ったインクの色だ。

黒と言えば、黒胡麻が挙げられる。胡麻も健康に良いとされるが、擂鉢で当たることではじめて栄養分は摂取される。いにしえ人の知恵は素晴しい。黒胡麻ペーストの瓶詰があり、バターの代わりに、朝食のトーストに塗っている。

大豆は陸の牛肉と言われ、植物性蛋白質の筆頭に挙げられる。黒豆は正月のおせちに欠かせないが、甘さ控えめに煮て日頃から食し、煮汁も湯で割り頂く。「黒」は縁起が悪い色とされがちだがどうして、食品では優等生のようだ。

天に海に烏賊船の火のともりそむ　　原　石鼎

牛蛙

親の屋敷内の一角の小さな離れ屋から新婚生活が始まった。その家の高塀の向こう側には、土地の水利組合の管理下にある農地用水の池がある。護岸整備もされず、牛蛙の絶好の繁殖池となっていた。日が沈む頃から牛蛙の鳴き声の数が増し始めるのだが、一人で夫の帰宅を待つ耳にはなにやら不気味な音として聞こえてくるのだった。牛蛙の声には個性がありやや高音のものから、とてつもなく低音のもの、それらの音がずれたり重なったりして闇を攪拌する。到底慣れ親しむ音ではない。大体牛蛙とは牛の鳴き声に似ているところからその名が付いたという。

ある夕方、池の方が何やら騒がしい。どうも網を打って蛙を捕えているらしい。水を踏む音に混じり「ぎゅっ」とか「ぶうぉ」とか蛙の声がする。君子危うきに近寄らずを決め込み、耳をそばだてていた。そう、彼らは別名食用蛙、食料として狙われたのだった。

七歳位だったと思う。父はホテルの食堂へ私を伴った。

「この料理は蛙、食べてごらん」という。ころっとした肉片に白いクリーム状のものが掛かっていたように記憶する。今調べてみると、蛙料理は中華にメニューが多く、またフランス料理のメニューにも恭しいフランス名のクリーム煮が載っていた。父は、母でなく何故幼い子供の私にこのような珍しい料理を勧めたのだろう。

牛蛙の声を近江と思ひけり　　浜口高子

バナナ

今年のバナナの価格は前年並の一袋（四、五本入り）二百九十八円だと新聞に出ていた。果実の中で輸入量が一位なのがバナナだそうだ。年間を通して流通しているが、最も消費が増えるのは国内の果実が端境期の五、六月という。

バナナの発祥地は東南アジアといわれる。古代エジプトの彫刻品にはバナナのデザインが多いことからもバナナの栽培の歴史は古そうだ。日本にバナナが紹介されたのは明治時代という。当初は台湾産が中心だったようで高級品。昭和の代でも珍しい果物の一つだったし、お見舞には半円形の房を丁寧に包装してもらい、お届けしたこともあった。今では小分けの房のパック入り、産地表示、農薬の無使用表示、消費者用へのデータは細やかである。

バナナの主成分は糖質でエネルギーの高い果物。東京マラソンの折など走者にバナナを突き出す映像を見るし、ゴルフでもホールで先発の組を待つ間にバナナでエネルギーの補給をする。「黄色の地膚にそばかす出ればバナナ結婚適齢期」という表現があり美味の目安だ。

空きっ腹の子らを連れ、鮨屋に出かけるのは大変危険である。事前には、まずバナナを食べさせておくことが肝要である。

バナナ下げて子等に帰りし日暮かな　　杉田久女

白めし　その㈠

〈閑さや岩にしみ入る蟬の声　芭蕉〉の蟬は何蟬かを知りたくて、数年前立石寺を訪ねた。油蟬との思い込みは外れ、蟬はかなかなだった。そこからバスを乗り継ぎ尿前《しとまえ》の関へ出た。

芭蕉の句に〈蚤虱馬の尿する枕もと〉があり、尿前の関から奥羽山脈を越える途中の作だと知る。『奥のほそ道』に載るからには芭蕉の宿泊先で詠まれた句に違いない。この句からみると、芭蕉らは粗末な板間に寝かされ枕許近くに馬小屋があるようにもとれる。どうも宿屋ではなさそうである。農家なら食事はどんな物が出されたのだろうか。

芭蕉と曾良が国境《くにざかい》を越えて堺田に辿り着いた時は夕暮れであったという。「……大山《たいざん》をのぼって日既《すで》に暮れければ封人の家を見かけて舎《やどり》を求む。三日風雨あれてよしなき山中に逗留……」の一文からわかる。封人の家とは国境を見守ることも役目とする民家で、家の構造は曲家のように土間を隔てて母屋のなかに馬小屋があり人馬共に同じ屋根の下に居住していた、とある。江戸時代の食事を調べると、玄米ご飯に糠味噌汁、塩魚焼き、野菜煮が一般的だったようだ。大豆の生味噌に白米飯は上等となる。きっと芭蕉は白ご飯を呼ばれたと、思いたい。

弟子の凡兆の「糞、尿のことを俳句にしていいでしょうか」の質問に芭蕉答えて曰く「嫌うべからず」。

夏衣いまだ虱をとりつくさず　　松尾芭蕉

白めし　その(二)

〈花にうき世我《わが》酒白く食《め》黒《し》し　芭蕉〉。一六八二年の作とされているこの句、「食黒し」は麦飯か、それとも玄米飯か、二つの説がある。句の背景として、この時代、豊かな人々は白い飯を食べていたので「食黒し」に芭蕉の生活ぶりの一端が窺えるのだという。「酒白し」は濁酒のこと。

戦争中は麦飯はおろかお粥も満足に食べられなかった。

母の実家へ疎開児童として預けられた私は、都会の食糧事情を理解していたから、大家族のテーブルの隅に遠慮勝ちに座っていた。そんな私に祖母は「ようこ、お代りは」と気を配ってくれるのだった。お代りをしたかったが気持ちとは反対に「もうお腹一杯」と返事をする。そのくせ、竈にかかっている羽釜から人の目を盗み、ご飯をすくって食べたりした。

土間に面したテーブルには親戚のだれかれが立ち寄って話していく。ある時わたしのおできだらけの脚を見て「おや可哀想に」と年寄は口々に言う。当時農家には蚤がいて新参者の私を狙って咬み、搔き傷が化膿していた。

曾祖母は中々の知恵者だったと思う。玄米を保存するための大きな綿の袋を丁寧に洗い、その中に私を入れ首の辺りにリボンよろしく紐を結び、蚤とり粉を首の周りに振る。私はその「袋入り」という寝巻で寝るのだった。おかげでそれから蚤に狙われることは無くなった。

今頃になって芭蕉の「蚤虱」の句を実感する。

新　米　も　ま　だ　艸《くさ》　の　実　の　匂　ひ　哉　　与謝蕪村

皮鯨

「奥さんは関西の生まれちがいますやろ」と乾物屋のおばさんに言われた。結婚したての頃、スーパーマーケットはなく専ら近くの市場へ出かけた。見たことのない食品が並べられていて「これはなに」と質問したことから、戸籍調べが始まった。「鯨のころ」と教えてもらったが、関西では一般向きのものだという。後にそれは皮鯨のことで、鯨の肉と皮の間の脂肪部分を塩漬けにし、乾燥させたものだと知った。おでんに入れるといい出汁が出るのだとも。

白いフリルのような晒し鯨は冷やして酢味噌で食べると、しこしこした歯ざわりとさっぱり感が気に入って、夏料理の一品に加えるようになった。東京で所帯を持った母のレパートリーに晒し鯨は無かったから、当然私も知らなかったわけである。が、〈さらしくぢら浅草に来てすこし酔ふ　草間時彦〉とあるから関東でも大衆的な食べ物としてあるにはあったのだ。

四ツ橋の「生野」という料理屋が父は好きで家族でよく出かけた。ここの白味噌は美味でこくがあり、どこから取っているのか聞いておくべきだった。ささがき牛蒡と鯨の脂身を細かく賽の目に切り白味噌仕立ての具にしていた。牛蒡の香が鯨の生臭さを消した美味しい汁椀、白御飯にぴったりだった。

鯨の尾の身、さえずり（舌）など庶民の食材は今や珍品となり中々手にはいらぬ時代となった。


さらし鯨酒慎しみてゐたりけり　山﨑ひさを

苺

豊中からここ清荒神の地に両親が居を移したのは昭和二十八年。太閤さんが有馬の湯へ通ったという有馬街道、小浜の宿から北へやや上った所で、地名は米谷蔵座垣内という由緒のありそうな地名だった。家の前から一段さがって畑が広がっていて、米作りの後には苺が栽培され、朝採り苺を籠一杯買って食卓に出していた。

苺は夏の季語。五月下旬ころから露地ものが出始める。クリスマスケーキの飾りなど食生活の変化で需要が増したのであろう。栽培技術の開発や品種の改良が進み十二月には立派な箱詰めが果物屋に並べられ季節感が失われつつある。苺の栽培は見た目より重労働である。収穫一つとっても屈んでは立ちの繰り返しは腰を痛め、老齢化のすすむ農家の問題点であった。

今では、ビニールハウスに設えられた立ったまま収穫できる高さの台に苺が色づき垂れるような設計がなされ作業が楽になった。ハウス栽培のお蔭で埃を被ることもすくなく、肥料も科学的で清潔なものに変わってきた。

皮を剥かず簡単に洗って食べられる果物が良いと、苺を友人のお見舞いに持参した。「芳玉」という鮮紅色の細長い大粒が洋菓子を入れるような箱にきれいに並べられた。昔ならさしずめ卵だったかな、と水平にしてお持ちした。

いまどきは、ホワイトデイのお返し用にハート型のケースに大粒の紅白の苺が二個詰められている。

心ふとうつろにつぶす苺かな　　中村汀女

麨

　中学一年の時妹がうまれた。昭和二十三年、世の中は戦後の混乱期から脱却しつつあった、が、まだまだものが潤沢にあったとは言い難く、母の育児は大変だったろう。おまけに妹は腸が弱いとあって離乳食には手を焼いていた。新しい食材を口にすると三十分経つか経たぬかのうちに嘔吐、下痢が始まるといった具合だった。岡町に小児科の名医がおられ豊中から先生の近くに引越しまでした。先生のお考えからお粥は止め、麨粉を湯で練ったものを与えてはということになったが、麨粉は巷には出回ってはおらず、母の実家に頼った。実家は幸い農家ゆえ、まめな祖母は麦を焙烙で炒り石臼で丹念にひき、妹のために四国から送ってくれた。鳥に与えるすり餌のような離乳食で、それにも徐々に慣れミルクで溶いたりちょっと黒砂糖を加えたりして、腸を慣らしていった。澱粉に水を加え加熱すると糊化することをアルファー化といい、消化のよい澱粉となる。麦を炒るのもアルファー化させることであり、それを加熱することでいっそう消化が良くなることを、先生はご存知だったというわけである。

砂糖入りのきな粉を食するのは普通のこと。だが「麦焦がし」即ち麨粉を食べる習慣はなくなった。香煎菓子として素朴な甘味を懐かしむ今日このごろである。

はつたいの日向臭きをくらひけり　　日野草城

大山椒魚

四条河原町からお目当ての食事処の名を告げタクシーに乗る。ややあって「中々予約の取れへん店ですなぁ」。客を見て食の話題を持ち出す機転はプロである。「お客さん、大山椒魚食べはったことあります。天然記念物で大声では言えまへんけどそりゃ美味しいもんですわ」と言う。

尾瀬への福島県側の登り口、檜枝岐《ひのえまた》村の民宿に一泊した時のことである。狭い囲炉裏端に集まっての夕食は手打ち蕎麦や蕎麦掻きとともに天ぷらが運ばれた。「これはサンショウウオ」の声に一座は一瞬ひるむ。話の種と頂いたが味は感じなかった。あまり骨っぽくもなく一、二度噛み飲み込んだ。調べるとそれはニッコウサンショウウオという種類だったようで強壮剤として売られているという。

ドライバーの言う大山椒魚の味の真偽を調べるべく図書館に出向く。ありました。『料理食材大事典』には調理方法が簡単ながらある。北大路魯山人にして、「変わった食物でうまいものは、と問われるならさしずめ山椒魚と答えておこう」という一文があり、味はすっぽんと河豚の合の子のような味だ、そうだ。また畑正憲氏は岡山県中国山地の村人には密殺し食べる習慣があった、と記す。
　俳句を詠む者にとって大山椒魚は大切で貴重な句材であり、とうてい「食材」にはなり得ない。

はんざきの身じろぎを混沌といふ　　大石悦子

紫蘇

いかと鮪の刺身の盛り合わせの一皿。「青い葉っぱも食べられるのよ」と私。残している大葉に刺身の一切れをくるっと巻いて食べてみせるが、生返事の夫である。嫌なものは食べません、と目が語っている。千切りにしてサラダに混ぜれば黙って召し上がるのだが。

紫蘇には赤紫蘇と青紫蘇とがある。「紫蘇」との表記は本来は赤紫蘇のことである。梅干しや紅生姜の色づけに利用している。青紫蘇は大葉と呼び、栄養価の高い、しかもカロテンの多さは全野菜の中でもトップクラスだという。カルシウム、鉄分も豊富と聞けば頂かない手はない。

紫蘇の原産はヒマラヤ、日本への渡来は平安時代というから古典の野菜なのだ。

大葉は刺身のつまや天ぷらなど和風料理の引き立て役として重宝される。昆布茶を加え、米を炊き上げ大葉の千切りをさっくり混ぜた紫蘇飯は食欲の落ちる夏には良いものだ。うなぎの白焼きは山葵を添えたぽん酢で食するが、私流は丼にする。白焼きの上にたれをたっぷりかけ生山葵を置き、大葉の千切りを散らす。熱々のご飯に混ぜ込みながら食べるのだが蒲焼と違ってあっさりと頂ける。

種が零れ、庭の隅に青紫蘇の双葉が育ち始めた。大事にしているが、飛蝗の子が葉に穴をあけて困っている。

紫蘇の香や朝の泪のあともなし　　藤田湘子

種

温室栽培の苺の出回るシーズンがきた。ビタミンCの豊富な苺、ゆっくり嚙むとプチプチ感がある。それが種だという。種も一緒に食べることになる。種を食べる植物は多い。胡麻、豆類、など然りだが生のままでは小鳥じゃあるまいし無理だろう。

果物の種となるとそれぞれに個性があり眺めるのが楽しい。柿の種の色と艶。種を模した「おかき」となり、袋菓子としての地位を築いている。さるかに合戦の昔話でも有名だ。艶と言えば枇杷の種は美しい。が品種改良でもってもう少し小さめにはならないものだろうか。大きい種となるとマンゴー。種に美味しい身がくっついていて、種をしゃぶったりする。果汁が口の周りに付き痒くなる。アボカドは実離れのよい種だ。うす緑の種は暫く捨てずに置く。葡萄の種は不思議な形をしている。丸い一律な形ではなくちょっと「はてなマーク」に似る。フルートを吹くとき「舌先の葡萄の種を遠くへ飛ばすような感覚で」と言われる。
梅の種は、種の王者だろう。梅干しとなり種だけ残っても、しゃぶり続けるあじわい。梅干しを身と種とに分け、どちらを取るかの問いに、種と答えた寓話を聞いたことがある。種を割ると中には天神さまがおられる。

青梅雨の湯あがりをまだ灯さず　岡本　眸

初鰹

「口を閉めて」と時折父に注意されていた。小さい頃色紙を折ったり、ぬり絵に夢中になっていると、自分では気が付かぬうちに口が半開きになる癖があったらしい。口の半開きは人間がだらしなく見えるという理由でたしなめられたのだろう。

鮪や鰹など大型の回遊魚は泳ぎ続けないと死に至ると聞く。口を開けたまま泳ぎ続け、口から入った海水中の酸素を取り込んでいる。彼らに「口を閉めて」は禁句である。全然寝ないように見えるが時にふっと泳ぎのリズムが狂う時があるそうで、それが回遊魚の睡眠なのだそうだ。休憩の出来ぬ性の回遊魚をお気の毒に思う。

〈目には青葉山ほととぎすはつ松魚　素堂〉季語が三つも重なっている。しかし、初鰹を待ち受けていた喜びがこの「初」に出ている、と平井照敏氏は言われる。浮世絵の「卯の花月」に鰹を捌く魚屋の回りに皿を持ち女が集まっている様子が描かれているが、いかに初鰹を楽しみに待っていたかが窺われる。流通が今ほど簡便でなかった江戸時代の話だ。山本健吉氏は初鰹の季感が今では薄れたが、初鰹本来黒潮に乗って内地の沿岸へ回遊してくるものが美味しく、初鰹は近海ものについて言うべきだ、と俳人らしいこだわりを見せていられる。一本釣の漁の様子を映像で見たことがある。黒潮の荒々しさや魚群を見つけ苦労を見るにつけ、簡単に「鰹」と言えなくなった。

とは言え私は戻り鰹が好きなのだが。

胡坐より正座へ戻し初鰹　林　翔

新茶

起き抜けの一杯の茶に母は気合を入れていた。茶の味にうるさい父が時に「こんな茶は飲めん」と不機嫌になるからなのだ。食道の手術後の父を看病した時、このお役を私が引き継いだ。一気に飲めなくなった父に煎茶をぐい呑みに注ぎ、ちびちび飲んでもらった。お蔭でいっぱしの茶の味利き者になっていた。

番茶も出花と言うが、百度の湯を一気に注ぐほうじ茶、玄米茶に食が進む。茶漬けとなれば尚更だ。八十八夜のころには茶屋には新茶の幟が並ぶ。宇治の茶園を見学したことがあった。煎茶や玉露の茶園は特別で、直接太陽光に当らぬよう遮光の網がかけられていて薄暗い下での茶摘みが行われていた。これを「かぶせ茶」と呼ぶのだとのこと。茶小屋では利き酒ならぬ茶の試飲があり、何度も茶を淹れて出来た器の貫入が、良い味の景色を醸していた。その煎茶茶碗は萩焼きだったかもしれない。

童謡に「茶壺に追われてトッピンシャン、抜けたらドンドコショ」というのがある。資料館の茶壺を見て、将軍献上の新茶をこの茶壺にいれ道中したのかと想像。庶民には茶は高嶺の花だったに違いない。お咎めを避けるために表木戸をぴしゃりと閉め、行列をやり過ごす。過ぎればやれやれとばかりに賑やかになる、という無茶苦茶皮肉たっぷりの童謡である。殿様のお耳に入っていればどうなったことやら。

新茶の香真昼の眠気転じたり　　小林一茶

花山葵

そのお宅は買い物の行き帰りの道沿いにあった。ガレージに置いてあるものから察すると建築業者のお住まいと思われた。目の粗い金網のフェンスでは家の様子は隠せない。ある時フェンス際に笹百合が数本植えられているのに目が留まった。たまたま庭に居られた男の方に「ここの土で笹百合は育ちますか」と尋ねた。「はぁ咲きまっせ」という簡単な返事。咲いた時にはスケッチをさせてもらう約束をした。それからのこと、先日の男の方に呼び止められた。手には今引き抜いたような草の株をぶら下げて立っている。よく見ると花山葵の株で根の泥からは水が少し垂れている。「えっ、どこにあったのですか」「そんなこと言えまへんわ、内緒の処でっさかい」。奥山の渓流に自生していたものだろう。笹百合の縁で珍しい沢山葵を頂けたとは、まことラッキーだ。

　時折八百屋に花山葵を一括りにして売っているのを知ってはいたが、こんな荒々しい花山葵は初めてであった。

　沢に育つ山葵は根より、茎や葉に初夏を感じ楽しむ食材である。特に茎のぴりっとする味が好ましい。花、葉をさっと茹で、冷水に放し灰汁抜きをする。醤油、酒、味醂少々を煮きっておき、三、四センチに切った山葵の水けを絞り漬け込む。一昼夜置くと味が沁み美味だ。

　その後、フェンスの笹百合は掘り起こされ空き家になっていた。

水よりも日のつめたくて花わさび　　宮坂静生

塩

母の実家に疎開していた時、五右衛門風呂の焚きつけは子供たちの仕事だった。焚口は外にあったから遊びの続きのように交代で沸かした。追い焚きをすると祖母が窓越しに「ええ、あんばいじゃ」とねぎらってくれる。あんばいとは「塩梅」と書く。塩と梅とは切っても切れぬ関係でそれを表している言葉のように思う。

ヒトの生命の起源は海から発生したと考えられている。ヒトの体重の約六十%は水分と言われ、その水分の四十%は細胞内液、二十%は血液や細胞の間を満たす体液だという。汗、涙の塩分の濃度は海水とほぼ同じなのだそうだ。嘗て生命が誕生し進化の過程で内に血液という海を持ち、陸地で生活出来る様になったヒト、塩とは深い縁がある。

塩には岩塩と海塩とがある。よく肉には岩塩、魚には海塩と言われる。海水には地球上のすべての成分が溶け込みそこから作られる塩はまさに「命のエキス」と言える。豆腐を固めるにはにがりが必要、そのにがりは海水にある。イオン交換樹脂膜を使って作られた塩は単なる塩化ナトリウムだろう。藻塩などはただの鹹さではなく本当にいい塩梅なのである。

茶懐石の辻嘉一氏が料理番組に出演されたとき、「お澄ましの味は血液と一緒の塩かげんでっせ」と言われたことを思い出す。

塩舐めて裸身の汗をかがやかす　　塚本栄一

鮎

鮎や鮭などには、流れに逆らって何としても上《かみ》へと泳ぐというDNAが組み込まれている。哀しいかな、その性質を利用して人は漁をし、食べさせて頂くことになる。

梅田に出ることがあると、帰りには百貨店の地下へ行く。この日も魚売り場に直行、天然の鮎の姿を探す。なんと一匹八百円の値段が付いていている。

六月末に鮎料理をと、比良山の裾にある宿に向かった。そこは安曇川の上流に位置している。安曇川河口には大簗が仕掛けられ鮎のかっとり漁が行われている。

はじめに十二、三センチぐらいの鮎の塩焼きが大皿の笹の上に泳ぐ姿で登場した。「小ぶりですし、頭から召し上がれます」と蓼酢が添えられた。飾り塩など一切なく、噛めばほんのりと塩味、蓼酢とともに鮎の腸が口中に広がる。あっと言うまに三尾が胃におさまった。夫はとみると、魚の骨にめっぽう弱い人ながら頭から頂戴している。だが頭の骨を噛む音が小さく聞える。粗相のないようにと彼なりに一生懸命に噛み砕いているらしい。「あと二尾お持ちいたします」の声に、焼きたてを出すという配慮が感じられた。「次の分、頭は私が食べてあげるね」と小声で夫に言う。食べ終え「これって冷酒に合うよね」と下戸の二人はまた小声で顔を見合わせた。最後は土鍋で炊き上がった鮎ご飯だった。

魚売場の前で、うーん八百円か、と唸る私だった。

ふるさとはよし夕月と鮎の香と　桂　信子

鰺

ＮＨＫのラジオ番組「ラジオ深夜便」を聴きながら寝るのが習慣になっている。アナウンサーはお休みになってもよし、お目覚めの折にはどうぞと、放送を押し付ける様子はない。とは言え人生の達人の経験談には眠気が飛んでしまうこともある。

先日、認知症にならぬ食生活の話があり聞き耳を立てた。脳への血液の循環を良くするためには、血管の柔軟性が大切だと。定石通りＥＰＡ、ＤＨＡを多く含む背の青い魚を薦める。サプリメントのコマーシャルでは一粒の含有量を誇らしげにのべ、毎日服用しておりますとモデルの俳優がにっこりする。その先生曰く、週三回は鯖や鰺、鰯、秋刀魚など旬のものを召し上がれ。皿を眺め、舌の味覚を駆使し、噛む、飲み込む。サプリを飲み下すのとでは、脳への刺激は雲泥の差である、と。
　夏の旬の鰺は刺身がいい。刺身用の三枚おろしを求め出汁昆布に酢と塩少々を振り切り身を挟む。昆布締めである。三時間もたてば身が締まる。中骨を丁寧に抜き、斜め切り、茗荷の千切りと和える。山葵醤油、好みで生姜醤油を垂らし木の芽を添える。出汁昆布は澄まし汁用に使い、引き上げた昆布は千切りにし、きんぴら牛蒡に混ぜ煮る。締め括りに、料理することがそもそも認知症防止です、とも言われた。

海までの街の短し鰺を干す　神蔵 器

洗膾

食欲の落ちた母に好物の「あこう」を煮付けた。食器を下げに行くと煮魚の皿はそのまま冷蔵庫に入っている。注文してやっと届けてもらった魚で、喜んで食べてもらえると思っていたからがっかりした。「どうして食べなかったの」とちょっときつい語調になった。母は「よう食べたからもう飽きてしまってね」との返事。自分の好物でも体調が悪いと食欲が湧かないものだとは、その時理解出来なかった。食べたくないと言えば私が心配すると思っての母の気遣いだったと、気付いたのは母が亡くなってからのことだった。それからというもの、魚屋の台にあこうが載っていても、横目で見るだけになっている。

関西でいう「あこう」は「きじはた」のことでくえの仲間の高級

魚である。体全体を赤い斑点が被う。浅い岩礁域に棲息し甲殻類が餌だという。両親の郷里の今治へ夏行くと船に乗るまでの時間、裏通りの小料理屋であこうの洗膾を注文したものだ。白身で鯛の刺身よりずっと美味だ。氷で締めちょっと縮れた一切れを酢味噌で頂く。煮付けると身離れがよく、くりっとした歯ごたえが美味しい。粗は白味噌仕立ての汁にし茗荷を散らす。釣りで漁獲するため瀬戸内《うち》でも大きいものはなかなか上がらない。両親は煮付けの一匹付けが好きで、骨までしゃぶり最後には白湯を掛け煮汁もきれいに頂くのだった。

信心の山を下りきて洗鯉　森田公司

穴子

夏の旬のものには何故か長いものが多い。鱧、鰻、うつぼ、海へび。穴子も例外でない。海底の石のすき間などに居るが、夜になると餌をさがしに出るのでその時を狙って釣るらしい。籠漁はロープに筒をつなぎ海底に沈め夜明け前に引き上げるもの。穴子は字の通り穴を好むので、その性質を利用した漁なのだろう。

焼き穴子といえば、加古川の下村商店の品だ。肉厚でこぶりの鰻ぐらいあろうか。本店へ行ったことがあるが朝焼き、「売り切れご免」のお商売である。店はこざっぱりしているものの、天井から壁まで照り焼き状態で焼き穴子の匂い一杯である。五匹一串を遠火で炙り串を回すと簡単に串から抜ける。先ずは穴子茶漬け。金網に乗せ焙り表面に脂がぷっと浮いてくれば適宜に切っておく。熱いご飯に刻み海苔、潮吹き昆布、塩少々、穴子を置き、ざぁっとお茶をかけて頂く。下ろしわさびがあるといっそう美味しい。

穴子丼や巻き鮨に入れる穴子は、厚手の鍋に並べ、猪口一杯の酒で蒸し煮にする。酒がなくなる寸前で火を止める。穴子がふっくらとし旨みが増す。鮨屋で習った。茶碗蒸し、散らし鮨などに欠かせない食材だ。

江戸前の蒸し穴子のにぎりは大好きなものの一つである。にぎりの最後には、また近ぢか来られるよう願いつつ、必ずリクエストする。

観能を中座してきし穴子めし　　伊藤白潮

蛍　その㈠

両の掌を丸めて蛍を囲う。蛍を放したあとの掌には蛍のにおいが残る。魚のそれとは違うにおい、川の水のにおいなのかもしれない。

昭和二十年六月七日、その日も初夏の陽射しに庭の菜園の緑が生き生きとしていた。青空にいつもの空襲警報のサイレンが鳴る。当時私は小学三年生、一人で防空壕への退避は訓練で身に付けていた。母が一人で掘った壕は、畳一畳にも満たない穴に庭の植木数本を切り丸太にし、それを差し渡し土を盛った簡単なものだった。

この世のものとは思えぬ轟音と地響きと共に母が飛び込んできた。母は壕の入り口を必死に布団で押さえ土砂を防いでいた。「死ぬよう」といいながら母のお尻にしがみつき泣き叫ぶ私を大声で叱る母。爆弾投下の近距離の決定的炸裂音には声を失った。爆音が去り、あたりにはまったく音がなくなった。腰あたりまでの土砂を払い母と壕から這い出た時の風景は忘れることが出来ない。爆弾の「直撃」というより爆風による破壊であり、木造の家の柱を残してなにもかも吹っ飛んでいた。爆弾は千里川に掛る月見橋の左岸を直撃、大きな池ほどの穴がぽっかりと空いていた。川の堤防に近い岡さんの壕は土で埋り、ご家族五人中四人の命を奪った。

（つづく）

蛍　その(二)

母は隣組の婦人会の役をしていたから、近所の人々と声を掛け合い岡さん一家の壕を掘り起こした。壕の入り口あたりに居られたお舅さんは助けられた。がよく一緒に遊んだよしき君はぐったりと大人の手に抱えられ運び出された。それからの時間をどう過ごしたのか記憶にない。夕方近くなっていただろうか。豊中の爆撃のニュースに、父が行き摺りのトラックを乗り継いで大阪から帰宅した。後にその時のことを母はよく語った。「大抵のお宅のご夫婦は無事を喜び抱き合っているのに、お父さまは大声で笑って、こんな壕でよう助かったなぁ、ですよ」。母は女性として淋しい思いをしたに違いない。

母は捜し当てた鍋に千里川の水を汲み、火を熾し、埋もれていた馬鈴薯数個を湯掻き私たちに食べさせた。それから両親は話し合ったのだろう。母は柱だけの家に土を払った長椅子に寝ることになり、私は父と一緒に父の知人宅に一宿を頼もうと千里川の土手を東に歩きだした。と、川底の闇より蛍が大きな火の玉のかたまりとなり、流れを遡るようにゆるやかに移動してくるのが見えた。魂のひかりに思えた。父も私も無言だった。

三十歳になるかならぬかの母のこうした機転に吾々一家は存えたと言ってよい。じゃがいもを湯掻く時ふとその時の蛍が目の裏に蘇る。

一の橋二の橋ほたるふぶきけり　　黒田杏子

梅ジャム

梅を捥ぐとき、脚立での体勢の安定を特に慎重にする。というのも母が木の脚立から落ち腰を打ち、歩行困難になった苦い経験があるからだ。

今年の青梅は豊作で、青梅の甘煮以外のメニューは全部完了した。捥ぐことから始め容器の消毒、材料の準備などで体力は消耗。漬梅と梅ジャム用には梅の熟れ具合を確かめつつ捥ぐ。青梅の熟成の度合で、仕上がりの出来不出来が決まるからだ。この地は嘗て橋本関雪画伯の別邸の在った地で画伯が植えられたと思う白梅がある。台風で傾いた幹は起こせば枯れる危険性があると植木屋のアドバイスで、母は傾いたままを大事にしていた。この実梅は種は小さく実は特大、家の数本ある梅の中で随一である。

今年の梅ジャム作りは特別だった。灰汁抜きの水晒しはいつもと変わらない。種を取り除きグラニュー糖で煮詰めていくのだが、六年前の梅酒を加えたところ、いくら煮詰めても固まらない。売っているジャム類はほとんどがゼラチンを加えてとろみの加減を図っているようだ。三時間ほど遠火で煮てややとろみがついたところで終了。色も黄色を帯びた深い琥珀色に仕上がった。味見の結果、まろやか且つ深い甘みに仕上がっていて大満足だった。

無糖のヨーグルトに入れたり、ハードトーストのかりかりに乗せ頂いている。こんな苦労も知らず、夫は朝刊を読みつつ今日もごちそうさん。

真青な中より実梅落ちにけり　藤田湘子

餡

「あん」と言えば小豆だろう。アズキの語源は貝原益軒によればアは赤色、ズキはとける、の意味があり赤色で早く柔らかくなる豆の意味とのこと。日本・中国・朝鮮半島などでは豆の赤色が特別の意味をもち、また薬効などとも結び付けられ行事や儀式など特別の日に食されてきた。奈良時代には小豆粥や小豆餅の記載があるという（『正倉院文書』〈八世紀〉）。

小豆の餡にはこし餡、つぶ餡がある。他にくり餡・芋餡・うぐいす餡・枝豆餡・空豆餡・白隠元豆の餡。澱粉の持つ色合いを生かした和菓子、若葉の色や紅葉の色には着色剤を使ってシーズンを象徴する餡を練り上げる。

今年もむき豌豆がよく実り豆ご飯は何度も食べた。板若布を揉みご飯に混ぜ、その上に塩湯掻きの豌豆をかけるシンプルな豆ご飯が大好きだ。豆旬三日、と言って柔らかな豆の時期は短い。薹の立った豆を抜き、捨て去るには忍びなく、黄色になった豆の莢を丁寧に千切った。実を出し湯がき、小豆の漉し餡を作る要領で晒し、餡のもとを木綿袋に流し込み、絞る。それから砂糖を加え練ってゆく。時間はかかったが出来上がった豌豆の餡は、豌豆の鄙びた香りの残った得も言われぬ美味しさだった。白玉団子に絡め、食べた味に大満足。和菓子屋には売っていない味だった。

畦撒きの大豆へ灰を一摑み　　松浦敬親

海老

　ちょっと高級感のある弁当には必ずと言って、海老の腰の丸まった姿がある。頂く段になって皮を剝く指が清潔かどうか一瞬ためらう。懐石料理の辻嘉一氏は、料理人は食べる人が自然体で箸を運べるように気を配るべきだとよく言われた。氏の食積に入れる伊勢海老は茹でた後、まず頭を外す。身を細かくほぐし酒と少々の塩で煎りつけたのち、元の殻に戻し頭をつける。食べやすく配慮した飾海老である。盛付はうつくしく、食べやすい大きさに切る、など教えられることが多かった。

　前の編集長の杉浦典子さんは富山に縁がおありで、ある時お土産に白海老の水煮のパックを頂いたことがある。味の方は忘れてしまったが、熱を通せば赤くなる海老が白いのが不思議だった。日本近海の固有種だそうで駿河湾と富山湾で漁獲される。金沢の鮓屋で甘海老を握って貰ったことがあったが白海老のことを聞けばと、今頃になって残念がっている。生の桜海老のかき揚げを、静岡の旅行先で頂いたが、その美味しさに桜海老の印象が一変した。産地で頂く醍醐味だろう。

今年も節分の恵方太巻きに海老のそぼろをいれた。四国の祖母に教えて貰ったことが今もいきている。ピンク色のそぼろの甘さが巻き鮨の味を引き立てる。お母さんのお鮨はぴか一と娘におだてられ、にっこりである。

なめらかに石の上をゆく手長蝦　　楠部九二緒

秋

桃

母方の祖母は八人の子持ちだった。大正の初めのことだから珍しい話ではない。その第一子が母である。七人目、八人目の出産は長女である母が嫁いでからで、私にとっては一歳上の叔母と一歳下の叔父にあたる。戦時中、母の実家に疎開した私だったが、三人一緒の寝起きに馴染んでいた。頂き物の桃を分ける時、祖母は座った背後に、桃を三個隠し「右か左か真ん中か」の発声で三人に選ばせた。実子と孫の子供ごころを思いやっての苦肉の策だったのだろう。戦時中の都会に住む娘を案じつつ、私を預かってくれた祖母には感謝しかない。

桃が日本に伝わった歴史は古い。纏向遺跡から多くの桃の種が出土したことからでも判るが、記紀にも桃の字が見られるという。桃に霊力があるという思想は中国から伝わったようだ。日本の神話にも、亡くなったイザナミに会いに黄泉へいったイザナギが鬼女に追われ桃を投げつけ難を逃れるシーンがある。中国の旧正月には春聯を門に掲げるが、元は桃符という桃の木の板に呪寿の語や神像を描いたものを掛け邪気を祓った名残とのことだ。

そもそも桃には不老長寿の効果があるという俗説もある。薬効があるといえば、蕾から白桃花の漢方利尿薬、種の核から桃仁という漢方、鎮痛・緩下剤がある。

いつだったか、助口弘子さんは俳号を「もも」に変えられた。母上の百々栄からと言われていた。そうそう、私の祖母の名も「もも枝」だった。桃を選んだあの日が蘇った。

ゆるぎなく妻は肥りぬ桃の下　石田波郷

酢橘

おもてなし、を言われ始めて久しい。「辻留」の辻嘉一氏はテレビの料理番組に出演し食のもてなしを説かれた。味や美しさは勿論のこと「お食べになる方」を思いやることだと言われる。硬い物をお年寄りに出す時、例えば烏賊の刺身であれば糸造りに、また幅広の表に井桁の隠し包丁を入れたりする。物を切る時には口へ運びやすい大きさにする、など目立たぬ心遣いが大切だと教わった。

ある京料理屋のカウンターに座った時のこと。主人が松茸を裂き始めると、弟子が酢橘を二つ切りにし種を竹串で取り除き小皿に乗せる。主と脇の以心伝心もてなしの心だと思った。さわやかな酸味と香りの相性は土瓶蒸しだけではない。酢橘が出回る頃には秋刀魚も出回る。塩焼きの焦げ目にギュッと絞ると食卓に秋の香りが立ちのぼる。レモン汁の酸味とはまた異なる日本の味である。

湯豆腐には酢橘の汁と同量の醤油に、ほんのちょっと味醂を垂らしたつけ汁が格別。パスタや焼き飯、天ぷらにも絞って頂く。酢橘の青い表面の香りも楽しみたい。青い丸のままを洗って冷凍しておく。凍ったまま表面をすりおろし、小芋の煮物に散らす。

果肉に含まれるリモネンが発する香りには、心気を整える効果があり、ストレスの解消に役立つのだそうだ。愛媛にいる従妹の家には種なしの酢橘があるとかで、送ってあげると言われたがそのままになっている。


金のリボンほどけば酢橘びつしりと　　山尾玉藻

茶漬け

外から帰ると手洗いと嗽を済ませ、普段着になると肩の緊張がとける。さて、大振りの湯のみに松葉こんぶを一つまみ入れ湯を注ぐ。こんぶのうまみと塩加減が舌から喉へ熱伝導のように通ってゆく。即席澄まし汁となる。「松葉こんぶ」とは「錦戸」という料理店で作られた塩昆布。松葉のように細く、一本一本に旨みの汐が吹いている。

「錦戸」は老舗の料亭で女将さんは俳句をよくされた。父が存命の頃、母は菜園で採れたものを加え幕の内弁当を用意。同好の人の寄る、家での句会に女将さんも来られたことがあった。今料理を出されているかは知らないが、松葉こんぶは百貨店で売られている。

穴子を一焙りし三つ葉、海苔にこの松葉こんぶを載せた茶漬けが旨い。生山葵があればいっそうである。茶漬けの定番と言えばさしずめ鮭茶漬けだろう。嘗て、年始廻りの客人が母の鮭茶漬けを目当てに夕方ふらっと来られたりした。大抵は酩酊の方々で、思春期真っ只中の私は膨れ面で自室に籠るのだった。

鯛茶漬けはちょっとした客料理だ。刺身用の切り身をだし醤油の「漬《づけ》」にし温かいご飯にのせる。薬味は揉み海苔、ぶぶあられ、山葵。熱い煎茶をかけ一、二分むらす。「ぶぶ漬けでもどうどす」とお愛想の言葉があるようだが、食べものの溢れた今日死語になっているのではないだろうか。

紅ふかむ鮭の切身に塩ふれば　　きくちつねこ

サフラン

「米煮えてませんなぁ。これは食べられませんわ」。スペイン旅行の折、レストランへ入った時のことだ。ご一緒した方のご主人が思わず発した言葉である。パエリアは言わば魚介類入りの炊き込みご飯のようなものだが米の処理の仕方が日本のそれとは大いに違う。サフランに染まった米に魚介類の味が沁み込み芯のあるご飯が美味だった。イタリアの米料理のリゾットでもサフランを使い炊きあげるが、米はやや硬めである。本格的なカレーを作る時、バターライスの風味づけとしてサフランを加え炊き、ちょっとお洒落なリストランテ風にする。

アヤメ科のサフランの鮮黄赤色をした雌しべを乾燥したもので一つの花から三本しか取れないため、高価な香辛料である。黄金色の色素成分はクロシンというものだそうで、この成分には中枢神経の活性化、記憶力増強を促す作用があると聞けば、高齢社会に席をおく身としては頻繁に利用したい。古代ギリシャ時代から医薬品として珍重されていたようだ。
「サフラン忘れないでね」。留守番役の妹の約束を果すべくマーケットに立ち寄った。軽く小さなおみやげで済んだ。

サフランや神々もまた妬まへり　藺定かず子

落鮎

そこへ行くには、洛北の北山杉の山間を幾つも抜け、花脊峠を越え、渓の水音が軽やかに聞こえてくる山間まで上りつめる。五月には石楠花が美しいといわれる、大悲山峰定寺の裾にある美山荘を訪れたのは数年前の秋であった。峰定寺の宿坊だったといわれるその宿はあたりの風景に溶け込んだ簡素な佇まいである。ぱらぱらっと玄関から数人のたっつけ袴姿の宿の方々が出て来られ、涼やかな声の出迎えに、はるばる来てよかったと思うのだった。

地理的に個人では無理とツアーに参加したのだったが団体の我々にも美山荘のもてなしは行き届いていた。座敷に通され先ず目に付いたのは、脇床に掛かった一句だった。〈峡にきて華をさがせど紅葉のみ　ドナルド・キーン〉きちんとした日本語の字体の墨書だった。キーンはアメリカの日本文学研究家であり、嘗て京大にも留学されたと聞けばこの地へ来られたのも頷ける。
何品頂戴しただろうか。やがて焼き物が運ばれた。杉板焼きと称する、薄い杉板に挟み焼いた落鮎が運ばれた。卵いっぱいの鮎は幽庵地に漬けて味を馴染ませ焼き、さらに杉板に挟み焼くことで杉の香りも頂戴する贅沢な料理だった。鮎の中骨は姿を崩さぬよう抜かれていて、いただく者の身になって料理された心遣いが伝わってきた。お陰で骨を気にすることなく、贅沢な卵も味わうことが出来た。

鮎落ちて川瀬の力ゆるみたり　　徳永山冬子

ポタージュ

直径二十センチ余りの南瓜を収穫。持ち重りも腕にこたえる深みどりの一個である。スーパーでは小さく切り分け、パックされた南瓜を求めていた。さて、切り分ける段になって手元の包丁では用をなさないことが判明。思案の結果、嘗て親が使っていた薪割りの鉈で斬ることを思い付き成功した。

この立派な南瓜の出処はといえば、コンポスター生まれと言うことになる。日頃から野菜屑などはコンポスターで処理している。醗酵後、土と混ぜ畝を造り葱、紫蘇、などちょっとした野菜を栽培している。今年の夏、その畝に南瓜の芽がにょっきり出た。そのままにして水遣りをしているうちにどんどん蔓が伸び、花が咲き出した。雌花に受粉させたのがこの一個である。藁がないので枯草の布団を南瓜の尻に当て、熟すのを待っていた。

まず、スープ作りに取り掛かる。鳥の手羽先をベースに玉葱、人参、セロリの葉、ローリエの出汁を取る。漉した出汁に炒めた玉葱、皮を剝いた南瓜のざく切りをことこと煮る。塩、胡椒で味を整えミキサーにかける。仕上げにバターと牛乳を加え出来上がり。冷しても美味だ。

コンポスター生まれのかぼちゃのポタージュは多くの人を幸せにした。

正座して獄中に喰む南瓜かな　　角川春樹

芋茎

十一月の出産を目前に長女は大きなお腹で庭の掃除をしたりしていた。それを見ていた農家の方が「お産の後これ食べるとよろしいよ」と、さといもの葉柄を抱えてきた。皮を剥いて干芋茎にした。紅芋茎には鉄分、カルシウムが豊富というから産後に有効なのは納得。

皮を剥き水にさらし、酢を入れた熱湯で茹で、さらに水でさらしあく抜きをする。薄味の出汁で煮てから胡麻酢和えなどにする。ビン詰めの練り胡麻をマヨネーズ感覚でたっぷり使うとこくが出て美味だ。あく抜きは手間だが、京都の錦市場にはあく抜きした芋茎が売られていて、京都の台所と言われるだけのことはある。

祭に神輿は主役であり、歴史を感じさせるものや子供が担ぐ鈴の多いものなど色々見てきた。とりわけ面白く興味をそそられた神輿、それは北野天満宮のずいき祭に出る野菜神輿である。屋根を芋茎の葉で葺き、その他の部分も柱、鳥居、天蓋、破風にいたるまで、全て野菜や、ゆば、麩、海苔などの乾物類で装われている。豊かな秋の収穫を神様にご奉告し豊作を感謝する秋の祭礼で、約千年の歴史があるという。正式には「瑞饋《ずいき》神輿」とよばれている。芋茎を使ったことの音あわせと思われる。十月一日から四日まで瑞饋神輿はお旅所に飾られている。

母が切る芋茎は水をためてをり　萩原麦草

白芋

「いも　たこ　なんきん」は女の好物だと言う。私も嫌いじゃないが好物は他にもある。しかし一つ一つにはこだわりがあって、蛸は明石産、南瓜は栗南瓜や日本南瓜を好み、ニュージーランド産は遠慮している。

甘藷はやせ地でも収穫出来ることから、享保年間青木昆陽が普及させたと聞く。わが家では夏の雑草防止のため畑いっぱいに甘藷の蔓を繁茂させせる。土に小石が混ざっているため収穫の藷の表面の凸凹はしかたがないと諦めている。私から見れば、徳島産の赤くほっそりした姿は芸術的。細かい土の中で大事に育てられているのだろう。

皮つきの輪切にレモンをちょっときかせた甘煮には最適な形であ

る。ＢＳの放送で知った愛媛県産の「白芋」という甘藷。初めて聞く名である。松山にいる従妹に電話すると知らないが調べてみると言ってくれた。

十二月早々、うっすら土付きのころんと丸い形の白芋がご到着。別名七福芋という、愛媛県新居浜市沖の大島育ちの表面の白い甘藷である。急速に熱を加えると甘味が出ない、との注意書きにホイルで包みトースターに二十五分。なるほど。甘さ十五度は嘘じゃなかった。林檎並の甘さには驚いた。大島という小さな島でしか育たないというこの可愛らしい「おいもさん」、大いに気にいった。

焼藷をひそと食べをり嵐山　　波多野爽波

糸瓜

サイプレスというゴルフ場が丹波市氷上町にある。コースをどうこう言う資格はないが、クラブハウスにちょっとした贅沢がある。風呂の洗い場は個室風、籠に盛るセロファン包みの糸瓜のたわしは自由に使える。むかし、こうして糸瓜たわし使っていたなぁと足の裏を洗う。

糸瓜は室町時代中国から渡来したという。糸瓜の若い実を沖縄では料理するらしい。現地では糸瓜を「なーべーらー」と言うが鍋洗いが転じたと言われている。沖縄でも昔はたわしとして使ったと想像される。糸瓜の味噌炒め、ナーベーランブシーはゴーヤチャンプルー同様一般的な家庭料理のようだ。来年チャレンジしてみよう。

糸瓜が枯れたころを見計らい、蔓三十センチぐらいを残し切り、切り口を容器に差し込み置くと液体が溜まる。この糸瓜水を煮沸消毒し保存し咳止めや利尿剤とした。抗生剤のない時代、人々は伝承された生薬に頼ったのだ。

〈をとゝひの糸瓜の水も取らざりき〉と逝った子規。今や結核に効く薬は医師によりすぐ処方される。助かる命だったのにと悔しい。吾々にとって子規庵は聖地のようなもの、今年九月に出かけた。根岸の里の侘び住まい、と頭の片隅にインプットされたそのお住まい。どんな風に岡本圭岳先生はこの玄関に立たれたのだろう、と靴を揃えて上がらせてもらった。

供へある柿の大きな子規忌かな　　深見けん二

船場汁

最近「もったいない」の言葉が、外国人の口にまで上るようになった。この精神はもともと浪花や京都の商家のつねの心得として広まったものではと理解している。

娘が大分に住んでいた時「関さば」は珍しいだろうと、送ってくれたことがある。鯖は生き腐れ、と呼び鮮度の保ち難い魚として台所と直結した大衆魚であった。今や運送技術の進歩のお陰で大分からの鯖で刺身が食べられる世にはなった。といっても鯖の三枚おろしは一刀両断が必須である。出入りの魚屋でさばいて貰ったとき、粗も出汁に使うように言われた。中骨、頭をぶつ切りにし、強めの塩をしてもらう。一、二時間置き、笊に並べた粗に熱湯をかける。氷水に放し鱗や血糊を洗い、昆布出汁の鍋に大根の短冊切りを煮、のちに粗と一緒に煮る。薄口醬油と塩少々で味付け「船場汁」が出来上がる。味噌味もまた旨い。粗まで使い切る「もったいない」の一品である。

鯖は夏の季語。夏の鯖は産卵のため身が痩せているが、しめ鯖にはかえってそのさっぱり感が好まれ、祭の鯖鮨として出回る。しめ鯖にする時、塩を洗い流したのち一旦冷凍する。こうすれば寄生するアニサキスを死滅させる。秋鯖は栄養をとり脂が乗り、塩焼きに大根おろし付けのメニューが定番となる。刺身とまではいかぬ活け鯖を三枚おろし、そぎ切りにして竜田揚げとする。粗は船場汁として鯖の骨の髄まで楽しみたい。

秋鯖の全身青く売られけり　嶋田麻紀

焼松茸

金木犀の香りが流れてくると「ぼつぼつ松茸の出るころだなぁ」と思う。確か小学一年生だった。出入りの農家さんのご招待で能勢の奥へ松茸狩りに出かけた時、崖を見上げると開き松茸の笠の裏が点々と白く見えていた。後にも先にもこんな風景にお目にかかったことはない。あのころは落松葉も貴重な燃料だったから、人が山に入り落葉掃きに専念した。それが茸山の手入れとなり、松茸の発生を促すことになったのだろう。

平成五年の秋、奥吉野へ「火星」の一泊吟行があり「天好園」に宿泊した。十月末とあって山は冷え冷えとしていた。夕食は四人一組で七輪の火を囲む焼き松茸だった。その当時でも歓声の上がるご馳走だった。いまは亡き会員の山本富士子さん、金沢明子さんのテーブルとご一緒で、お二人は奥さまよろしく鎮座なさったまま。「はい、焼けました。どうぞ」といつの間にか取って差し上げる役目になっていた。あくる朝、天好園の計らいの土産用の松茸籠が用意された。差知子、玉藻先生親子の吟味のご様子を垣間見た。俳人を離れた母と娘のお二人のご様子には、ほっこりとした空気感が漂っていた。

その後、三月の「火星」六百五十号記念誌に差知子主宰の一書が掲載され、中に現主宰の玉藻先生が平成元年に副主宰に推薦されたことの安堵感が述べられていた。継承という重さの軽減した安らぎの時間であったのかもしれない。

道かはす人の背籠や茸にほふ　　水原秋櫻子

藷粥

平安時代から芋粥はあったらしい。龍之介の短編小説の『芋粥』は『今昔物語』をヒントにしたそうで、下司の侍が「芋粥に飽かん」ぐらい食することを夢想すると言う話である。当時の芋粥は山芋を細かくし甘葛の汁にまぜて煮た粥だったという。到底美味しそうには思えないが、当時は宮中での献立の一品だったのだそうだ。

我が家の祖父は藷粥が好きだった。薩摩藷入りのとろりと煮上がった粥をどんぶり鉢一杯、朝食としていた。子供心によく飽きないものだと冷ややかに眺めていたものだ。祖父の年齢に近づくにつれ、私自身が藷粥好きになってきたからDNAは恐ろしい。ただし藷は我が家の菜園で採れたもの。藷でも掘りたては味が違う。大振りに切り、一旦水に晒す。冷飯を軽く茶碗二杯、一つまみの塩、藷を加えひたひたの水でことこと煮る。
代用食という言葉を知らぬ時代になったが、諸は戦中戦後のひもじさを癒してくれた。享保・天明の飢饉を救ったのも薩摩諸だった。薩摩諸と笑うこと勿れ。ビタミンCはピーマン同様加熱に強く、ビタミンEは玄米の二倍。食物繊維、カリウムの多いアルカリ食品だ。癌や動脈硬化も予防するという。祖父が長生きしたのには、諸好きという道理がはたらいたのかも知れない。

薬師寺の甘諸粥を管長以下我等　上村占魚

牛蒡

「ナルチャンの手ってごぼうみたい！」子供連れのクラス会で長女と手をつないでくれた友人がそう言う。室内プールなどない時代、低学年から水泳に励み確かに日焼けの体は黒く細い棒のようであった。

木の根っこのような牛蒡を誰が食べてみようと思ったのだろうか。平安時代の漢和薬名辞書にゴボウの名が載っているというから千年余の歴史のある食材だったのだ。

牛蒡の栄養面の特徴といえば、イヌリンという消化吸収しにくい食物繊維が多いそうで腸内の掃除にはうってつけだ。牛蒡はほとんど四季を通して出回る。春先には葉を食する葉牛蒡。初夏には色白の新牛蒡。夏は牛蒡を芯にうなぎで巻きつけて照り焼き風の八幡巻き。泥鰌鍋の柳川鍋には牛蒡のささがきはなくてはならない。

牛蒡は皮に風味かおりがあるので、束子でこする程度で留めおこう。土をすっかり洗い落したもの、ささがきにして水に漬けてあるものは本来の風味が失われている。面倒でも、黒く棒のような土付き牛蒡を用いたい。

土付きのままビニール袋にいれ冷蔵庫に保管すると甘味が増すと、テレビで紹介されていたがどうなのだろう。

きんぴら、筑前煮、ささがきのかき揚げ、などお袋の味の代表だ。見映えは悪いが結構手間な惣菜である。


どぜう屋に風来坊と名告りけり　　黒田杏子

食パン

トーストの耳を無意識にミルクティーに軽く浸し口へ運ぶ自分に、はっとした。

高校一年の時、父方の祖父母と同居することになった。当時祖父母は七十歳半ば位だったと思うが、私にはえらく年寄に思えた。祖母は据え膳、上げ膳が何よりうれしいと漏らした。同居してしばらくは、固めのお粥が主食の日本食を二人に用意していたようだった。我々のパン食の洋風朝食を見て、祖父は自分にもそれを用意するよう申し出た。飲み物が紅茶や牛乳では物足らないだろうと牛乳で溶いた甘めのココアを祖父にすすめた。大いに気に入り、口の広い「どんぶり」でとの祖父の要望が出た。バターとジャムを塗ったトーストをちぎってはココアに浸し食べるのに、どんぶりが良いというのだ。何と爺むさい行為だろうと、嫌悪した。しかし今、自分も同じ行為をしたことにおどろくと同時にあの嫌悪感が自分に降りかかっていた。その年齢になってみなきゃ分からん、とよく言われたがその通りだった。

ハードトーストの食パンを目的に応じて、厚さは自分で加減して切る。スモークサーモンと薄切りの酢漬け玉葱、じゃがいもの薄切りを固めに湯掻いたものを、かりっと焼いたパンにバターを塗りトッピングする。ワイン通の若林先生は「これはいける」と気に入ってくださっていた。若林正士先生は平成九年から平成二十二年までの「火星」の表紙を飾ってくださった日本画家。スペイン、フランスの田舎の風景がお好きで何度もスケッチ旅行に出かけられた。

サーモンに酢橘をたらす晴れし宵　石原八束

冬

うどん

「これはなかなかいける。うどん屋をやったらどうだ」と父は冗談まじりに母の手打ちうどんを褒めた。戦後の食糧難は筆舌に尽くし難く、メリケン粉が手に入ればたいていの家は、工夫を凝らし蒸しパンやうどんを作るのが普通のことだった。

愛媛の母の実家では、うどん打ちは普通のことで、母は見よう見まねで家族のために作ってくれていた。やがて茹でて玉にした「ゆでうどん」が、何故か八百屋の店先に並ぶようになる。やっぱりうどん屋やれば流行ったのに、と父は半分残念そうに言うのだった。

嘗て、祖父母を訪ねる時、宇高連絡船で四国に渡っていたが早朝の船着場にはうどん屋があり、いりこ出汁のつゆが郷愁を誘うと言い、両親はいつも立ち寄った。

最近ではうどんパックが売られるご時世、鍋と袋を開ける鋏があれば簡単に食べられる。若林先生ご指導のグループ展を心斎橋で開いた時、ひまを見ては大阪の老舗のうどん屋を探訪。南船場の松葉屋さんは昆布、塩、かつお、と産地にこだわった出汁の自慢の店だった。あなご入りの鍋焼きうどんは高級、うどんの原点と言えるきつねうどんがたいそう人気だった。

すき焼きの最後は鍋の煮汁をからめとるようにうどんを煮る。とろんとなったうどんがめっぽう美味だ。子供の頃風邪で食欲がないと、母がうどん入りの茶碗蒸しをよく作ってくれていた。

鍋焼の火をとろくして語るかな　尾崎紅葉

蓮根

蓮根の穴が「先の見通しが利く」という縁起からお節料理には必須である。今年取り寄せた京都の店のお重には蓮根の穴に黄身酢餡を詰めたものが入っていた。嘗てお節は自宅で三十日から取り掛かり用意したものだった。父存命の時には、年賀客の大抵の方は屠蘇祝いの膳に着いて、いっ時談笑されたものだったが、今ではその習慣はなくなった。賄い方が私一人ということから、京都の料理屋から二段重ねお節を調達するようになった。

固めに煮た小豆を蓮根の穴へ詰めて煮物を作った時、切り分ける段になって詰めた小豆が抜け落ちる嫌な経験がある。蓮根の穴は通導組織といい、葉や地上の茎から取り込む酸素を泥の中に沈む根や茎へ送る通気孔だという。中心に一個と周りに九個、計十個が多いとのことだ。

鍋の蓋をずらし煮るとぱりぱり感が残り、蓋をぴったりしたままだと、歯ごたえが芋を噛むような軟さになるのだが、蓮根の種類によるのかもしれない。岩国産は粘りが強く煮るとほくほく、下ろせば蒸しものにと宣伝されている。蓮根を八ミリ位の輪切りにし、下味を付け海老のすり身を挟み、天ぷらにする。冷めても美味しいお菜だ。穴を塞ぐ料理の所為で、見通しを悪くしているかも知れない。でもビタミンC、ムチンを多く含む健康食材でもある。

今、マンションの混み合う河内平野は、昔蓮根畑の広がる湿地帯であった。

古道の残る河内野蓮根掘り　　高濱年尾

ホットドリンク

本刷りが二冊送られてきた。『季語のごちそう』の一冊目を上梓した時のことである。丁度外出する時だったので車中で読むべくバッグに入れた。梅田行きの電車に座って新冊子に目を通し始めた。ふと目を上げると斜め前の吊革に、片手を預け小誌を読んでいられる婦人に目がとまった。俳句をされている方と見た、というのは手にされているのが「草苑」であったからだ。梅田で降りる時、出来立ての一冊を「失礼ですけれど……」と手渡した。後日嬉しい封書を頂戴し、遅れて大きなレモン一個の宅配便が届けられた。自宅のベランダで出来たものとメモにあり、俳人らしいその行為に大いに感激、まずスケッチをし、半分はスライスし蜂蜜に漬けた。

これは蜂蜜の糖化を防ぎ風味をよくする。スライスの蜂蜜レモンは紅茶に浮かす。「さて後の半分は」としばし考慮の結果ホットレモンにすることにした。一口ずつの甘酸っぱい温かさに、頂いた文をまた開くのだった。桂信子氏亡き後の結社のことも簡潔に述べられていた。桂先生、宇多喜代子先生の句を目にして嬉しかったとも。
後になってあのレモンはマーマレードにすればよかったと思ったが後の祭り。手元には一枚のスケッチのレモンが残った。

赤ん坊を見に来てホットウイスキー　山崎ひさを

ホット牛乳

石畳をがたがたと荷台車の通る音に目覚めた。空調システムのなかったアイゼンフートホテル。ゼラニウムの赤で飾った窓を開けて休んだ所為であった。まだ明け切らぬ朝の町を牛乳配達車が通って行く。荷台の揺れにビンが触れ合い乳色の音を立てる。その音に今、ローテンブルクにいるという実感が全身を包んだ。

戦後、児童の給食は牛乳からはじまった。成長期にはカルシウム摂取が必須だと確認されたからだろう。五、六年生からの給食は今と比べれば雲泥の差がある。脱脂粉乳を溶かしアルミの深皿で配られた。舌ざわりの悪い、飲み干せば器の底に固形物の残る牛乳だった。

その後、食生活は潤沢になり牛乳はビン入りで毎日配達されるようになった。蠟引きの丸い蓋には日付けが印刷されていて、錐の先っぽのような蓋開けであける。時折クリーム状の固形物が付く蓋の裏がちょっと楽しみだった。蓋の収集癖は男子の間にはやり、机に並べた相手の蓋を自分の持ち蓋で弾き、命中させるゲームが広まった。ゲーム機の存在しない時代の話である。今では牛乳は紙パックで売られていて種類も豊富だ。
寝る前にホット牛乳を飲み一日のストレスをカルシウムで和らげ、よき睡眠を得るとしよう。

熱燗や左手はまだふところに　森　澄雄

出汁巻き

「巨人・大鵬・玉子焼き」。日本の高度成長期であった昭和三十六年、堺屋太一氏が強い経済の喩えに巨人、大鵬を挙げ、物価の優等生と言われている卵を引き合いに玉子焼きと言われたことで、流行語になった。子供たち、いや、誰もが好きなものを挙げられたからだろう。

玉子焼きは卵を溶き調味のうえ玉子焼き器で焼くのだが、出汁巻きはそう簡単にはいかない。卵三個に出汁百cc・薄口醤油・塩一つまみを泡立てぬように混ぜいったん漉す。片栗粉を少々入れるのは家庭でのことで、プロはそのまとめ難い卵汁を焼き上げ、熱々の具を簀巻で形を整え仕上げる。ジューシーでやんわりとした出汁巻き玉子はご馳走といえる。オムレツやスクランブルエッグにはない味である。関東では砂糖入りのようだが、出汁の旨みのみの関西風が好みだ。

京都は花見小路にある「十二段家」、庶民的な食事処ではありながらひと味他とは違うお店。注文を受けてからの出汁巻きは焼きたてのうまさがある。東京の老舗の「いづもや」の鰻巻きも気にいっている。ことに山中温泉の「かよう亭」の朝食に出される出汁巻きは、本物中の本物といえる。使う卵から吟味されている。こだわりは生産者の鶏の飼い方にまで及ぶ。出来立ての出汁巻きは勿論ふわふわで蓋付きの箱型の器に入り膳にのる。起き抜けの舌に温かくやさしい味が広がる。

寒卵しづかに雲と雲はなれ　　田中裕明

嚔

十三歳離れの妹は父に大変可愛がられていた、と私には思えたというのが正しいかもしれない。思春期だったせいもあり焼もちを焼いていたのかもしれない。父にしても久しぶりの子育てだから目をかけて当然だったと今にしてそう思う。

スケートショーの券を父は妹のために求め、私もお相伴。出し物は白雪姫で、森奥の棺に眠る姫に王子がキスし目覚めると言うくだりで父は大くしゃみをしたのだ。会場はスケートリンクだから当然寒い。だがこの見どころで「ハックション」はないだろう。恥ずかしくてずっと下を向いていた。

アレルギーには色々ある。花粉症はその代表。夫は塵がアレルゲンで患者さんの衣服の脱ぎ着で起こる微量な浮遊物が原因でくしゃみが出る。出始めると続けてのくしゃみにさらさらの鼻汁がでる。鼻に詰物をしマスクをかけ、状態を収める。疲労の蓄積が原因だと思い抵抗力を付けるために生ロイヤルゼリー、六年根の朝鮮人参の服用を続けた結果発作は次第に遠退いた。北欧でバイキングの歴史博物館に立ち寄った時のこと。天井は高く薄暗い中に当時使った木造の船が色々展示されていた。見回っているうちに夫が大くしゃみ。展示室に居る外国人が笑いながら一斉に目をむけた。食べる音はご法度の一つだが、くしゃみも駄目なのかもしれない。一に褒められ二に罵られ三、四がなくて五に風邪を引くと言われるくしゃみ。生理現象ながら気を遣う存在である。

嚔やひろびろ石油販売所　斎藤夏風

雑炊

粥は米から炊くか、飯から炊くかで水加減が異なる。病人食、離乳食など米を主食とする民族ならではの工夫がある。ことに日本の米から炊く粥には粘りがあり、梅干しとの相性は抜群である。中国旅行の折、父に「梅干は持っていけよ」と言われ密閉容器に入れ持参、大いに役立った。ホテルの朝食が大鍋から粥を掬うというバイキングだったからだ。フランスのツアーに参加した時はレトルトの梅粥で胃の重さが救われた。

〈四日かなおみいと声にしてひとり　玉藻〉。一月の句会に出されたこの句を鑑賞するには「おみい」を理解する必要がある。味噌仕立ての粥をいう船場ことば、と前書きがある。いったい味噌仕立ての粥とはどんなものか。「おみい」を調べると徳島、香川、関西地方独特の呼び名らしく、食欲がないときや風邪ぎみのときなどに頂く雑炊のようなものとわかった。「みぃ」は味噌からきたと思われる。鍋に味噌を味噌汁よりうすく溶く。乾燥若布を入れ沸かす。ご飯を軽く一杯入れ、豆腐半丁を崩しいれ軽く煮て溶き卵を入れ半熟で食する、おじや風のものと理解した。お節料理の続いたあとの四日、さっぱりと頂けることだろう。

河豚、蟹、鴨、牡蠣などの鍋物の残り汁を冷飯とあわせ雑炊で食べ尽くす。七草粥、小豆粥も捨てがたい日本の食文化である。

雑炊にぬくもり口は一文字　　前田普羅

桃栗三年

桃栗三年、柿八年、柚子の大馬鹿十三年（地方によって年数が異なると言う）と、果実の実るまでの年数が口伝されている。つまるところ柚子の実りまでの年数がとてつもなく長いと言っているのだ。親の代には自宅の畑で桃、栗、柿は収穫した経験がある。ご近所が屋移りするのでいらなくなった柚子を根ごと引いてきて、柚子の木が我が家に育っている。柑橘類の葉っぱを常食とするアゲハチョウの幼虫は天敵、葉ダニが付着しやすく素人には難しい果樹のようだ。大馬鹿というのは柚子のプライドを傷つけ申し訳ないが収穫までの手間や時間を言っているのだろう。今年は柚子の当たり年なのか、ジャムの瓶詰が沢山できた。

編集長に原稿をパソコンで送る時、ちょっとした近況を交換している。ある時「鬼柚子ってたべられるの」との質問があった。簡単に手に入らぬ代物なので試みたことはないが、オレンジピールやジャムにすると聞いていた。「お隣に生っているなんて。絵に描きたいわ」あんなでっかい柚子がぶら下がっているのか、と風景を想像していた。そして、数日後、大きな段ボールに薄紙やビニールで巻かれた鬼柚子が宅配されてきた。赤ちゃんの頭ほどの柚子で、鬼と言われるだけに表面の凸凹は凄い。立派な枝を思わせる葉も付いていた。まだ尻の辺りに緑が薄く残っている。上から横からとじっくりと見尽くした。感激は筆舌に尽くし難い。この鬼柚子、百年育ちと言われても疑う人はいないだろう。

柚子のけて湯のまん中へ入りけり　岡本高明

湯豆腐

湯豆腐のレシピは見たことがないし、レシピがなくても土鍋と昆布と水さえあれば出来る料理でもある。とは言え、単純な料理故に講釈が色々付く。無農薬栽培の国産大豆使用の豆腐とか、北山連峰の伏流水使用とか、天然にがり使用とか、かくの如くである。「湯どうふ」と斜めに書かれ少し薄汚れた暖簾を潜る、藍染の作務衣着用のお給仕さん、民芸調の部屋の設えと湯豆腐を食べる雰囲気作りもポイントになるかもしれない。

何かの会で「つるや」の座敷に上がった時、何品かのあとに桶風呂のミニチュアのような器で湯豆腐が出てきた。風呂なら人間が浸かるところに豆腐が浮いている。煙突の部分の銅《あか》に醤油出汁を入れ温めるようになっていて、炭の一片が底に仕込まれていた。流石料理屋、趣向は面白いがこの器の収納はどのようにするのだろう、といらぬことを思った。私が幼い頃、この手の風呂の湯槽を跨ごうとして頭からどぶんと落ちたことがあったという。ばたつく脚を摑んで引き上げたと父が言い、姉が知らせなかったらお前さんはお陀仏だったと、からかわれた。

湯豆腐には薬味に手間をかけたい。みじん切りの葱、大根おろし、ごま、柚子の皮の千切り、七味唐辛子など。付け醤油には少々味醂を加えている。勿論温める。

冬の日の一番はじめにする鍋料理である。

湯豆腐が煮ゆ角々が揺れ動き　山口誓子

蕪

ロシア民話の『おおきなかぶ』はこどもの気に入りの一冊で、何度も読み聞かせた。育ちすぎの大蕪を、動物も加わり人海戦術で引き抜く話である。中々引けぬ蕪とは、どんな蕪なのだろう、と大人は理屈っぽくなる。小蕪、長蕪、天王寺蕪、酸茎。聖護院蕪ならこんな話もうまれそうだ。

〈赤蕪の百貫の艶近江より　大石悦子〉の句から、赤蕪かもしれないとも思ったりする。歳時記には、大根と同様「抜く」ではなく「引く」とある。菜園の蕪を採ってくるのだが、その時、葉っぱにちょっとひっかかるだけで蕪の方から抜けてくる位あっけなく採れる。感覚的にも「引く」がぴったりである。

蕪の献立は、間引きの時期は浅漬にする。甘味を言うなら、小蕪四つ割りの具の味噌汁がいい。葉に含まれるビタミンCはほうれん草に勝るらしい。刻んで青みにする。洋風のスープなら、鶏がらスープの素に根を取った小蕪を二つ切りにし、冷飯少々を加えて柔らかく煮る。冷えたらミキサーにかけ塩、胡椒、牛乳を足しバターで味を調える。

蕪蒸は少々手間だが冬に欠かせぬ一品である。蕪をすり下し、具として海老、穴子、鶏、生椎茸、銀杏などを一口大に切り混ぜる。卵を割り入れ、道明寺を一匙加えるのが私流だ。薄口醬油、酒で薄味の調味。一人分ずつ器に盛り、蒸し上がったら葛の餡をかける。

蕪まろく煮て透きとほるばかりなり　　水原秋櫻子

落葉

昭和三十四年我々の結婚に際し、父は屋敷内に小さな家を建ててくれた。風呂は五右衛門風呂。私は疎開の経験があり釜のような風呂に違和感はなかったが、なぜ新築の家に五右衛門風呂なのか。屋敷の木の剪定の際に出る木屑を焚けば、燃料費の倹約と屑の整理にもなるという父の考えからだった。最初は杉の枯葉に点火し小枝、丸木の順に焚口に入れる工夫は自然に出来た。湯の沸くまでを、炎明かりに二宮金次郎よろしく本を読んだりした。木灰は梅の根方に撒き、今でいうリサイクルである。枯木置き場から薪を運び、湯が沸くまでの焚口の番、灰掃除と結構な仕事だったが、不思議と面倒だとは思わずこの仕事をこなした。

居住の宝塚のスローガンに緑を増やそう、がありブロック塀より生垣を薦める。我が家は金木犀の垣で、花の頃は「いいにおい」と言いつつ人は行く。金木犀は常緑だが春には落葉する。桜落葉は秋から冬。わが家の落葉のシーズンは長く、落葉は畑の真ん中に穴を掘りそこで燃やし処理している。ある時消防自動車がやって来て家の近くで止まった。家の焚き火の煙を火事だと誰かが知らせたらしい。消防員は現場を見て安全と確認したが落葉はごみと処理するよう言って帰った。落葉の灰を掻き混ぜ丁度いい具合の焼き芋を軍手に取り、ごみに出せばこんな美味しいもん出来ないじゃんと舌打ちをするのだった。

わが歩む落葉の音のあるばかり　　杉田久女

指

「先生、指先はそんな風には反りませんが」。人物の草案を若林先生に見て頂いた時、木炭で指の形を「こないした方が色気でるのや」と爪から先をちょっと反らされるのだった。若林先生の作品「弾く」の女性の指はやや反りぎみ、松園の美人画の指先はほんのりピンクに仕上げられている。観音立像の合掌や瓶《へい》を持たれる表情を反った指の表現でなされているものがある。絵空事、だがそこに気品や優しさが出る。指先にものを言わせる技である。

「熱ぅ」練り餡の味見を指先でする。蜂蜜やジャムの瓶の最後は指が重宝。ゴムべらよりずっときれいに取れる。ただしこれは自分一人だけのものである。

指を主題の俳句を作るのが好きだ。作品を探すと、

〈手袋に五指を分ちて意を決す　桂　信子〉

皮手袋と思いたい。ぴしっと指先まで入れ、求婚の返事を告げに行こう、とか、結社主宰を引き受けねば、とか想像。

〈わが十指われにかしづく寒の入　岡本　眸〉

働き者の指なのだ。寒餅を丸めたり、漬物石をはずしたり、切干大根の大根を刻んだり、あとハンドクリームを塗る。

〈ゆびさして寒星一つづつ生かす　上田五千石〉

ほら冬の大三角形にシリウスが、オリオン座のベテルギウス探してご覧、と。五千年の昔、遊牧民は星空に点を結んで名前を付け、その星座を指針にしていたのだ。

汁もの

能登も奥まった一角の三井町内屋ハゼノ木にアトリエを構える、輪島塗作家赤木明登氏を訪ねたのは、峪あいのあちこちに木天蓼の花が咲く頃であった。アトリエの傍の小流れに漆の木が育ち、氏は漆塗りになる運命を感じたと言われた。その時求めた朱の椀を出してみた。木地師の仕事は微妙で底へいくほど厚みと重さを感じるように挽かれている。地に薄布を張り、黒を塗った上に朱が塗られている。手になじみ具合のよいこの大振りの椀が気に入っている。

時季のものの炊き込みご飯、麺類、鰻丼、秋口からは汁ものに重宝している。一日三十種類の食品を摂取するよう保健所は指導する。まんべんなく食品を摂取することで健康体は保たれる、ということなのだろう。一品の料理に沢山の具材を使うことでそれは叶う。汁もの、味噌汁の具沢山がいい。細切れの豚肉と冬野菜をふんだんに使う。味噌は白味噌六に田舎味噌四の割合が目安である。濃い汁よりちょっと塩味は薄めにすると野菜の旨みが引き立つ。大根、人参、牛蒡、蒟蒻、小芋、葱、厚揚げが基本で豚肉の代わりに蟹の身であったり、魚のすり身団子であったりする。汁、ご飯、汁というふうに代わるがわる食べると、しみじみ日本がいいと思う。

どの窓も山が間近に根深汁　　岸野貞子

旬

「今が旬なのよ」大粒の苺をふふみながら小林成子さんが言う。まだ一月というのに艶々の苺を食べられるなんて贅沢の極みだろう。カーリングの女子メンバーがお八つタイムに、ほおばっていた映像が思い出される。温室栽培農家の工夫で、重労働だった苺の収穫は立ったままで出来るようになった。また交配技術の向上で味・形も様々で種類が増えた。命名においても購買欲を煽っている。歳時記に苺は夏、冬苺はハウス栽培のものを指さないとあるので注意しなくてはならない。

旬とは魚介・野菜・果物などがよくとれて味の最もよい時、と辞書にはある。この意義から言えば確かに苺は今旬と言えるかも知れない。冬にトマト、胡瓜、茄子の野菜が多く出回っていても旬だとは言い難い。直射日光にてらされ、汗をいっぱい掻くシーズンこそ、これらの野菜の活躍どきである。暑い気候を乗り越えるための自然の恵みであると同時に、摂ることで体内の熱を発散させる作用がこれらにはある。

正月料理の定番の一つに酢の物がある。その材料は、蓮根、大根、人参、蕪などで、切り方で料理の品の表現が変わる。胡瓜が市場に出回っていても、冬の膾では母は絶対に使わせなかった。旬を重んじる昔からの知恵であったのだろう。上記の野菜と木耳を千切りにした五目膾を冬の祝膳に添えるのが私流である。

献立の決まつてをらず葱を引く　村手圭子

焼鳥

朝、台所の窓の下で雀の声が騒がしい。いつもパンの耳や釜を洗った飯粒を撒くのが習慣で、彼らはそれを催促しているらしい。雨降りには声がなく心配になって撒くと、知らせ合うのか、しばらくして十数羽がやって来て賑やかな時間がすぎる。意思表示の声をしっかり聞き分けられるようになった。近年雀の数が少なくなったと聞くが、きっと鳥インフルエンザの感染の所為だろうと思っている。

句会の席で雀の話になり、その時主宰が「伏見稲荷には雀いないんですよ。焼き鳥にされると思ってるんでしょうね」とおっしゃったのに、思わずみんなで顔を見合わせ笑ってしまった。たしかに、稲荷神社の参道には香ばしい焼き鳥の匂いが漂っている。商売の神様ということでお参りするようになったのだが、最初その匂いの誘惑に負け一串買ったことがある。焼き鳥とは名ばかり、骨を噛んでしゃぶる以外のなにものでもなく、雀にはそう肉は付いていないのだと知るに至った。焼き鳥屋に下ろされた段ボールに台湾産と表記。冷凍品と知ってからは、匂いにも騙されなくなった。書物によると雀は寒雀の黒焼きが民間療法として百日咳や夜盲症に効果があるのだそうだ。医術の進歩で雀のお世話になることはなさそう。

とり肉と白葱を交互の串の焼鳥、出来合いを買って食べ、見習って自分でも焼鳥風を作る。本当の焼鳥屋に残念なことに一度も出かけたことがない。仕入れから吟味するそうで中々のものらしい。

焼鳥やよく働きし四十代　大牧　広

甘鯛

「この飛切りのしろぐじ、焼きましょか」と魚屋に呼び止められる。唸るほどの立派な甘鯛だ。高そう、と内心思う。甘鯛は京都ではぐじ、大阪ではくずなと呼ばれ、とりわけ、白ぐじは甘鯛の中で最も美味とされる高級魚である。晩秋から春先寒い時季が旬で、京都の料亭では塩焼き、照り焼き、味噌漬け焼きなどが出される。焼き物と簡単に言うが、ぐじの身は水分が多く身が柔らかなので、金串を打ち炭の遠火でじっくり焼かねばならない。

和歌山沖で捕れるぐじは刺身にもできる。三枚におろし、軽く塩を当てた後板昆布に挟み半日おく。中骨を抜き削ぎ切りにし柚子の汁をたらす。脂質の少ない、さっぱりした味わいだ。

蒸し物がまた美味。切り身に軽く塩。昆布五センチ角の上に載せ、とろろを掛け蒸す。吸物よりやや濃いめの味の葛餡を掛け頂く。寒い夜のごちそうである。

甘鯛の二枚開きの焼き物が運ばれてきた。一口含めば香ばしく、芳醇な酒の香が広がった。一塩の生乾きの干物だった。深皿に頭と中骨が残った。と、温かい昆布出汁入りの急須が運ばれ、骨の皿に注がれた。頭の身、骨の間の身をほぐし乍ら頂いた粗のお汁、京都の小料理屋のセンスに感心した。

英語で white horse head と言うだけあって、間延びした茫洋たる貌が大好きである。

魚《うお》店《だな》の甘鯛どれも泣面に　　上村占魚

丹波黒豆

泰山木の花のスケッチをそのお宅の二階の窓からさせて頂くことになっていたが、阪神大震災で半壊。太閤が湯場へ通ったという有馬街道沿いの小浜宿にそのお宅はあった。代々続く医師のお宅で先生は宝塚市医師会長を務めておられ、奥さまとも親しくさせて頂いた。地震の数年前に先生は亡くなられていて、奥さま一人、マンションでの生活を始められていた。蓬入りのおはぎや、畑で採れた野菜のひと品を重詰めし、お渡しがてら宝塚駅前の広場で落ち合って近況を報告しあった。お礼の葉書に私の掌が固いことにふれ、「働き者なのですね」とあり、細やかな観察力に瞼が熱くなった。

今年もお節料理に大玉の丹波黒豆、大納言小豆を注文した。この天下一品の黒豆の生産者、老舗「小田垣商店」これこそがこの奥さまのご実家なのである。古く重厚な農家の店構え、豆一筋にこだわった二百八十年の歴史に圧倒される。暮れのご挨拶に伺うと畳まれた風呂敷の中に白大豆の小袋があった訳が分かって以来の「小田垣」ファンである。

土井勝式の黒豆煮の料理方法。厚手の鍋と黒豆・二百gを用意。（煮汁用　水・六カップ　砂糖・百五十g　醬油・小匙二・五　塩・少々　重曹・少々）煮汁を沸かし、洗った黒豆を入れ一晩おく。豆はふっくら膨らむ。落とし蓋をして、弱火で五〜六時間以上は煮る。途中アクを取りながら吹き零れに注意。煮上がったら蓋をしたまま一晩置き味をふくませる。

皺のない一粒一粒の出来栄えに手間が満足に変わる。

喰積のお多福豆の頰豊か　齋藤朗笛

噛む

夢にうなされている夫の声に思わず「どうしたの」と寝ぼけ声で布団に手を伸ばした。とたん、私の指をがぶりと噛んだ。直ぐ現実に戻った夫は「すまん、すまん、悪いやつにやられそうになって噛みついたんや」とぼそぼそ声で言う。窮鼠猫を噛む、ではないが夫は殴ってやっつける方法はとらず敵に噛みつくという手段で撃退したのだ。危うきには近寄らぬ性格の夫らしさに、朝食の時二人して大笑いした。それにしても何故現実の行動と夢の行動が一致するのだろうか。

乳児の歯が生えるころ、涎だらけの口がやたら物を噛みたがる。沢庵の尻尾、昆布、するめなど年寄は児に持たせたものだ。歯応えのある食べ物、例えば酢蓮根それも新ものがいい。鮑、糸造りの烏賊、数の子、酢海鼠、沢庵、糠漬の胡瓜、噛み応えも馳走の内である。高年齢になると軟らかい献立作りを勧めるのが常のようだが、一方噛むことの重要性も説かれている。

野球のバットスイングでは打つ瞬間に奥歯を噛み締めるという。噛む筋肉が働くと、その圧力が歯を介し脳の神経を刺激し運動能力を高めるというのだから、「噛む」はおろそかに出来ない。歯をくいしばって頑張る、は言い得て妙。

噛んでいけないのは言葉。よくアナウンサーが「思わず噛んじゃいました」と謝ったりする。

数の子の歯ごたへ数を尽くしつつ　　鷹羽狩行

牡蠣

釧路の和商市場の中にある鮨屋で昼食をし、帰路に就くという計画を立てたのは妹だった。長男の運転するレンタカーでのんびり北海道に遊んだ時のことである。思い返しても、このようなメンバーでの旅行はあとにも先にもこれ一度きりである。

通り掛りの漁村では、折しも持ち寄りの海のものでのおくつろぎ会のようなものを海岸でやっていた。「食べていきな」の声に引き寄せられた。食い意地の張ったものばかり、牡蠣を割って差し出された貝殻を啜り暫くは口が利けない。大きくぷりんとした肉厚の牡蠣が口一杯に広がった。炭火焼きのコーナーもあったが、行きずりの身ということで丁重に挨拶の上その場所を離れた。が私といえば頂戴した牡蠣が胃袋に長々と滞在、鮨屋の外で皆が美味しく食べている声を聴きながら待つはめとなった。

妹の土産話にニューヨークで姪の一家と牡蠣のカクテルを食べワインを二本空けたなど聞くだけで、あの胃袋の重さが鮮明に思い出される。

牡蠣は海のミルクと言われるほど栄養的に優れているという。生姜たっぷりの牡蠣飯や牡蠣雑炊などが今の年齢の口にあう。


牡蠣舟にネオンうるさし大阪は　伊丹三樹彦

吉野葛

テレビの料理番組で蓮根蒸しの料理方法の一つを紹介していた。小振りの小鉢に軽くご飯を盛り、その上に擂り下ろした蓮根をかけ、薄味に煮た人参・椎茸・ぎんなんを並べ蒸す。蒸すことで蓮根が固まる。その上に片栗粉でとろりとさせた甘辛味の出汁の餡をかけ頂くものだった。「片栗粉じゃないでしょ」とテレビに物申す私。嘗て片栗粉はかたくりの球根から採取していたが、澱粉の採取の効率が悪く今ではじゃがいもやさつま芋の澱粉から作られているという。このような料理には是非吉野葛を使ってもらいたい。

奈良の大宇陀の森旧薬園見学の折、葛の製造法を知ってから吉野葛のファンになった。葛は七草の一つで花・茎・根と利用出来る。花は香り高く紫色に咲き、茎の繊維から綱が出来、根から良質な粉が採取できる。大宇陀の豊かな地下水が葛の精製に適し、ことに厳しい気候の寒造りで良質な葛が出来る。葛粉の粒子は細かく滑らかな食感で、葛餅、葛切りなど和菓子にも利用されている。胡麻豆腐も然りである。

葛粉の粒子は吸収されやすく、体を温め癒す効果もある。葛粉に程よく砂糖を入れ少量の水で溶いたのち、熱湯を注いでかき混ぜると透きとおって糊のようになる。この葛湯で体の中から温めれば、風邪気味に有効な滋養飲料となる。

元々葛の根は「葛根湯」、立派な漢方薬である。

しみじみとひとりの燈なる葛湯かな　　岡本　眸

蕎麦湯

俳人協会主催の俳句講座に参加する時は、天満の蕎麦屋で昼食を取ってからという仲間内の約束が出来ている。自分で言うのもおこがましいが蕎麦にはちょっとうるさい。昔、食べ方にも薀蓄を傾けたが、これは個人の自由と思うようになった。全蕎麦もいいが一般的には二八蕎麦、蕎麦粉の風味や喉越しを味わう。頃合いに蕎麦湯がだされるのだが、その店では茹でた時の蕎麦粉が溶けだしとろりとしていて、残りのつけ汁を蕎麦湯で薄めて頂けば重湯のような一品となる。

蕎麦の栄養価は高くリン・カリウム・ルチンを多く含むとある。ルチンは血中のコレステロールを減らし血圧を下げ、毛細血管の弾力性を高めるという。蕎麦湯の中には、切り蕎麦を茹でた時に流れ出たルチンが多く含まれている。麺類の中で塩を使わず練り上げるのは唯一蕎麦だけである。近代、栄養価重視の欧米化の風潮のなか、脇役の座に追われた蕎麦ではあるが、生活習慣病多発の反省からこの伝統的食品に脚光が当てられている。

本来蕎麦湯は、蕎麦粉を熱湯で溶き砂糖を加えた飲み物で体を温める。信州の宿の炉辺で頂いたことがある。句会仲間の緒方佳子さんに教えてもらったお初天神にある「瓢亭」の柚風味の夕霧そば、そろそろ恋しくなってきた。蕎麦を打つ時に柚の皮を練り込み、微かな香りの蕎麦である。

陶匠の夜窯はなれず蕎麦湯かな　　織田烏不関

玉子酒

三脚の高梯子を葉刈りに備え、植木屋さんが運んできた。「おじいさんお元気」と伺えば「元気で阪神競馬に通って楽隠居ですわ」という。三代目さんは伸び伸びと屈託がない。おじいちゃん、たしか夫と同い年だったなあ、と思う。楽隠居ねぇ、ちょっと羨ましい。「楽隠居」、辞書には家督を子に譲り安楽に世を送る隠居、とある。ご隠居さんは落語の世界のものと思っていた。現実の年寄にはそれなりの厳しさがあるように思う。

老い二人で一人前の生活だが、殊に老妻は忙しい。てきぱき出来なくなった分時間にロスが出る。庭仕事、洗濯、片付け、買い物、食事の支度等々、台所の片付けを終える夜、やっと自分の時間となる。

机の歳時記を手にすると徐々に自分のワールドが広がる。その夜は少し風邪気味だった。開いたページの「玉子酒」に目が止まる。「精を益し気を壮んにし、脾胃を調ふ」という効用があり、アルコール分を飛ばすので下戸でもいける、と解説にある。神前用の細い酒瓶から、五酌ほどを卵の黄身に混ぜ、黒砂糖を加え火にかける。とろりとしてきた。心配で水も少し足す。そろりと口にふくめば成程、口当たりのよい飲み物である。十分もせぬ間に目の奥から酔いはやって来た。

猪口一杯で赤い顔になるほどの下戸であることを再認識するのだった。

裏山へ鳥のつつこむ玉子酒　　山尾玉藻

月鍋

四足は机以外、海の物は潜水艦以外、飛ぶ物は飛行機以外なんでも料理するのが中国料理だと、大げさな言い方で表現される。そう、桂林のスケッチ旅行の折注文したスープは目玉を上向きに鳥の首がぷかりと浮いたものだった。香港では蛇の肉をこそげ取りとろりとさせたスープも経験した。

季節の食材の持ち味を生かす伝統の京料理もさることながら、その土地に根ざす食べ物は郷土料理として受け継がれている。湖国で作られる熟鮨《なれずし》の鮒鮨は保存食だが、肴としての存在感も大きく、祝の席での晴れの品とされている。

狸汁は冬の季語だが、きっと何処かで珍品として食されているのだろう。この冬比良山縦走の登り口から逸れ、安曇川の上流にある集落の料理屋で月鍋が食べられるという案内があった。月鍋とは月輪熊の熊鍋のことである。
　前菜は鯉の刺身、鮎の熟鮨、鹿肉など少しずつ盛られ運ばれてきた。いよいよ熊の肉の登場となる。丸い大皿に白い肉が薄く切られ白牡丹のように並べられている。木の実や少しの昆虫などを食べ、冬眠に蓄えた熊の肉は真っ白な脂肪で覆われている。鴨鍋の汁に似た甘味のある出汁に白葱と春菊を泳がせ、しんなりすれば肉をしゃぶしゃぶのようにくぐらせ熱を通す。あっさりとしているが、こくの深さが内臓にしみる。暫し何でも食べてしまう人の咎に目をつむった。

くろがねの鍋に木杓子薬喰　　小澤　實

高麗人参

時の王に仕える調理人の苦労話「宮廷女官チャングムの誓い」は多くの韓国ドラマの中でも超ヒット作だった。どきどきする筋立てもだが、究極の薬膳料理に興味を持った。王の病状を医師が配膳係に告げると、食材の薬効を考え料理を作る。家鴨や鯉が用いられることがあったが、殊に高麗人参、酢はよく登場した。

中国最古の医薬書『神農本草経』に、高麗人参の効能の記述があるという。曰く、体力を増強し、精神を安定させる作用に優れている。胃腸の働きを良くし虚弱体質、疲れやすく体力のない人に有効。韓国旅行の折、食事のメニューに蔘鶏湯《さむげたん》を挙げていた。ひな鶏の腹腔に高麗人参・もち米・にんにく・乾燥なつめなどを詰め、口をたこ糸で閉じたあと薄い塩味の水で煮込んだ料理で、本場もんを食したかったからだ。しかし、ガイドは宮廷料理のフルコースをと薦めるのだった。蔘鶏湯は韓国の薬効料理で、特に夏の疲労回復をはかる強壮料理と知っていた。色々のエキスの沁みたスープともち米のお粥は体を芯から温める。高麗人参は季語ではないが、この粥を食べ風邪を寄せ付けぬ体力をつけたいものだ。
　薬草園の高麗人参は菰囲いされ育てられている。土の養分をすっかり吸収するため、次の植え付けまで数年空けねばならないと聞いている。

粥占ひ神杉雪をこぼしけり　　鳥越すみこ

寒鯉

「あんま　あんぷく　すじもみ　ちちもみ」ひらがな表記のこんな看板が岡町の裏通りに掛かっていた。呟いてみると口調がよく今も覚えているわけである。何年か経ち私は女の子の母となった。十二月の出産だったから夜起きると体が冷えてすぐ眠れず、その上赤ん坊の寝ながら時おり「キューッ」という声とともに伸びするときの呼吸が気になって寝られない。こんなわけで乳の出が悪い。母の友人が鯉の味噌汁を持って見舞ってくれたりした。病院の検診のとき乳腺の開きが悪い、ということでマッサージを受けることになった。温めたタオルでマッサージするのだがその痛いこと。これがあの看板の意味だったかと知った瞬間だった。辛抱の甲斐あってその後順調に授乳することが出来た。

水温が低下すると深いよどみに多数集まって越冬するのが寒鯉である。鯉は淡水魚の中で寿命の長い魚としてよく知られていて、神社の供物や祝儀に用いられる。包丁式とは金箸と包丁だけで指を触れることなく鯉をさばく、まさに「俎板の鯉」である。暴れぬ急所があるようだ。

お見舞に頂いた鯉の味噌汁「鯉濃く」は昔から乳の出を良くすると言われるものだった。中華料理で鯉の丸揚げの甘酢あんかけがある。鯉が川を上り、竜になるという言い伝えによるお目出度い料理なのだそうだ。鯉の洗膾は海から離れた場所で出される高級日本料理でもある。

わが咳けば寒鯉鰭をうごかしぬ　　富安風生

寒卵

昭和三十年代頃まで、病気見舞いや寒中見舞い等の贈答品に卵はよく用いられた。卵はボール紙の箱に籾殻を敷いた中に並べられ、包装紙がかけられる。大規模な養鶏が行われていない時代、卵は貴重かつ栄養価の高いことから薬喰として食されていた。戦時中、母は体力のない父と虚弱体質の私のために、一羽の白色レグホンを飼ってくれていた。産む一個ずつを代りあって食べさせてもらった。私は時々卵の両端に針で穴をあけ、吸って飲んだ。頬っぺたがだるくなったが、黄身が流れ込んだ時の味覚を楽しんだ。吾々に蛋白源を供給し続けてくれたこの鶏、昭和二十年六月の豊中大空襲で小屋ごと昇天した。

寒中に生んだ鶏卵には、他の季節より滋養が多いといわれている。

生みたてのぷるんと黄身の盛り上がった卵を炊き立てのご飯に落とす。醬油を垂らしくりくりっと混ぜて食べる卵ご飯、寒卵が似合う。卵料理は沢山ある。幼児期の長女は卵豆腐を好んだ。食の細い子だったが卵豆腐があればご飯を何杯もお代りする子だった。

鶏は『古事記』の天岩戸の神話に見られるように、太陽を呼び邪気を打ち払うものとして神格化されていった。神社の鶏の放し飼いや、鳥小屋に大事に飼われているのもこういったことからだろう。闘鶏、鳴き声の長さや容姿を競うなど卵以上に人との関わりは深い。

朝はたれもしづかなこゑに寒卵　野澤節子

干菜

「日本書紀」にはは大根のことがオオネと記載されているという。大きな根っことは、言い得て妙である。プロの農家の人に見放され大根作りに手を焼いた。二年ほどはオオネに育たず、ホソネ止まりで嫌気が差し始めた今年まあまあの出来の大根を収穫することができた。腐葉土を沢山鋤き込んだ労力の賜物だったろう。苦労した所為もあり、大根葉も愛おしい。塩漬けや、細かく切って揚げと炒り煮にと無駄なく使い切る。がほかの緑黄野菜も食べたくなり、ほうれん草や春菊に浮気心が起こる。

俳句を知ったおかげで、干菜、吊菜、干葉《ひば》という季語を思い出し、早速大根葉を陰干しし貯めた。干葉は東北、北陸地方など冬季雪に閉ざされる地方では冬場の貯蔵野菜として重宝すると聞く。ラジオの紹介によると韓国でも干葉はよく使われているそうだ。

日ごとに乾燥が進む。〈ほそぼそと枯れそろうたる掛菜かな　皆吉爽雨〉という具合である。干菜風呂があったと思いつく。しんなりとした菜を詰めた網袋が二個。風呂の蓋を開けるとふわと切干大根に近い匂いが流れ出た。ゆっくり体を沈め目をつむる。温泉場を歩く下駄の音、峡の風音、露天風呂からの星空など、想像する時間が広がってくる。

湯を出て現実に戻り、布団に入る頃には体の芯からじわりとところよい熱が発散するのだった。

干菜風呂手擦れの艶の火吹竹　　乾　佐和子

若水

海の泡から生まれたという裸身のヴィーナスが大きな貝の中に立ち、愛の風に運ばれて水際へ寄せられてきた、という場面。ボッティチェリのこの「ヴィーナス誕生」の前でしばらく釘付けになった。ルネサンス時代、このテーマの神話は芸術家を魅了し多くの作品を生んだ。ギリシャ神話によれば「天」と「地」の夫婦の神は、まずオケアノス（水）を生んだとある。今日、生物の発生を語る時、生命は海からと説かれていて、神話に真実らしきものがあることに興味をいだく。

人は水なしでは五日ほどの命、人の体重の五％にあたる水量が毎日入れ替わっているという。水すなわち命であり、神として水への信仰が起こっても不思議ではない。

元日の朝、始めて汲む水を若水と呼び神聖な力を持つものとして、水を汲むのは年男の役目とされた。その水で口を漱ぎ、身を清めるのは一年の邪気を祓うためであり、また若水には若返りの霊力があるとされた。若水で炊事をし、雑煮を炊く地方も残っているようだ。若水を沸かすのを福沸しといい、その湯で福茶を淹れる。
今では一般の家に井戸はなく水道水かペットボトルの名水となり、若水を汲む行事は忘れられてしまった。佳き慣習は末長く続けられたいものだ。

若水の喉とほる音聞きにけり　　新井　勲

雑煮

郷土色の溢れた母の雑煮が懐かしい。暮も押し迫った頃、いつも瀬戸貝の剝き身が届けられた。両親は愛媛の瀬戸内育ちなので、同郷の方からの贈り物だったのかも知れない。瀬戸貝は小ぶりの牡蠣位の大きさの二枚貝で、赤貝のような色をしたものも交ざっていて、内海の特産だったと思われる。牛蒡、人参、戻した椎茸、大根の千切りと一緒に、瀬戸貝を薄味の甘鹹味に煮上げる。貝の旨みで野菜にこくが生まれる。この具を丸餅の上にたっぷり乗せ澄まし汁を張る。湯がきほうれん草をぎゅっと絞り柚子の皮とあしらう。うわ盛りの具材と澄まし汁との旨みが一体となる雑煮である。残った貝入りの具は、翌日には混ぜ鮨に使われた。今では瀬戸貝は採れなくなったのか百貨店の地下売場からも姿を消した。

京の料理屋「一子相伝なかむら」の雑煮椀は、白味噌の焼き餅一個入り。ひと口頂くとほのかに溶き辛子の香が鼻奥に抜けた。出汁は使わぬというこの白味噌、特別な品に違いない。

高校生のころ、バザーに提供するメニューの一つに雑煮があった。今から思えば、松茸の「一切れ入り」が嘘のような話である。鳴門かまぼこ一本を切る枚数を先生が指示され「向こうが透けそう」とわいわい言いながら準備する。数人のグループの流れ作業で雑煮椀が出来上りテント席に運ぶ。女学生の「おままごと」だったなぁ。

都会では今や餅つきの習慣も失せ、ビニール袋一キロ入りの餅を買う。晴れの日の餅の存在は大事にしたい。

仏間まで岩海苔匂ふ能登雑煮　　杉山郁夫

いなり　その(一)

「どんなもん入ってるの」と妹がにじり寄って言う。「牛王じゃないかな」と私。漆塗りの小箱、「稲荷大明神神璽」を前にしての問答なのだが、両親が亡くなって家を大整理した時の話だ。熊野神社詣での折「牛王宝印《ごおうほういん》」という有難い護符を受けた経験があったので当てずっぽうで答えたのだ。護符には数羽の鴉の羽ばたく姿の絵文字が刷られていた。牛王とは牛黄のことのようで牛の腸・胆に生じる結石で高貴薬とされ、その牛黄を印肉に練り込み押印すれば霊験あらたかだという。

牛王宝印が捺された紙札の護符を三角に折り、柳の枝に挟み苗代の水口に立てる風習があったそうだ。農耕民族ゆえのことと推量できる。芭蕉の「おくのほそ道」の〈田一枚植ゑて立ち去る柳かな〉

の柳には護符が結ばれていたのかもしれない。また牛王札は中世以来起請文《きしょうもん》として使われ、それを燃やした灰を水に溶き飲み合い君主への忠誠を誓ったという。呪術の要素が牛王にあったと思われる。
そこで開けてみようということになった。「罰あたらへんかなぁ」と言いつつ開けると、黒いもこもこした団子のようなものが二個入っている。これは牛のたまたまじゃないのと妹が宣言。恭しく箱を閉じ、その後神璽は丁重に伏見稲荷大社へ納めさせていただいた。

悪声もまた朗々と初鴉　土生重次

いなり　その(二)

伏見稲荷の初詣の参詣者数は関西では常に五指に入る。道路一杯の善男善女に向け、拡声器の声がキリスト教を説く。平安神宮や住吉大社でなく、何故稲荷神社で広報活動するのだろう。昔から西欧人は日本人の稲荷に対する姿勢に違和感をいだく、との解説がある(『日本人はなぜ狐を信仰するのか』松村潔著)。狐を尊敬したり崇拝することはキリスト教では考えられないという。

稲荷神社のご神体は宇迦之御魂《うかのみたま》神という五穀を司る神様で、狐はそのお使いという。そもそも「稲荷」は「稲生り」から転じたと言われ、別名御饌津《みけつかみ》神とも呼ばれ米に関わりがある。キツネの古名は「けつ」と言い「三狐神」と解して狐が稲荷の神のお使い、という説もある。

いなり寿司は酢飯を甘く煮た揚げに詰める家庭では一般的な寿司である。揚げを狐が好むので、いなり寿司が出来たように思われるが、狐は肉食であり油揚げを好むわけではない。稲荷・稲生り・米俵と連想ゲームは続き俵の色を油揚げと見立てたらしい。三角のいなりは狐の耳を連想すべし、とのことである。

娘が幼稚園児だったころ、誕生月の親が昼食を作る当番があった。いなり寿司はと提案すると、父兄より具の入ったいなりにしてねと、注文が入った。もとよりそのつもりだったからちょっと気を悪くした思い出がある。

初午や小さくなりし願ひごと　　松岡六花女

あとがき

「火星」の創刊は昭和十一年、戦争の足音が遠くに聞こえて来た頃と伺っています。その戦いと敗戦、何もかもを失った中から芽を伸ばし続け今日ある「火星」がいとおしく思えてなりません。私自身、「火星」と同じ年齢を重ねている所為なのでしょうか。

平成十二年八月から「季語のごちそう」のコーナーを担当させて頂き、ほぼ二十年となりました。食べ物のことの思い出を綴ってきましたが、それは取りも直さず昭和の食の変遷でもありました。これから先、あのひもじい思いのなき時が続きますようにとの願いを込めました。

主宰山尾玉藻先生には常に温かき眼差しで見守っていただき、その上御序句を賜りました。厚く御礼申し上げます。

句友の励ましにも感謝の言葉もございません。

食の季語に目が留まると、自然に献立に取り入れるようになっています。これも俳句に出会ったお陰だと思っています。

平成三十一年二月

平成最後の梅をながめつつ　山本耀子

著者略歴

山本耀子（やまもと・ようこ）

昭和10年　東京に生まれる
平成３年　「火星」入会
平成14年　「火星」750号記念　文章の部
　　　　　「圭岳賞」受賞
平成15年　「恒星圏」同人
平成17年　エッセイ集『季語のごちそう』上梓
平成21年　「火星賞」受賞
平成25年　句集『絵襖』上梓
俳人協会会員

現住所　〒665-0836　宝塚市清荒神2-16-8

季語のごちそうⅡ

二〇一九年四月二五日　初版発行

著　者――山本耀子

発行人――山岡喜美子
発行所――ふらんす堂
〒182-0002 東京都調布市仙川町一―一五―三八―二F
電　話――〇三（三三二六）九〇六一　FAX 〇三（三三二六）六九一九
ホームページ http://www.furansudo.com/　E-mail info@furansudo.com
振　替――〇〇一七〇―一―一八四一七三
装　幀――君嶋真理子
印刷所――日本ハイコム㈱
製本所――㈱松岳社
定　価――本体二五〇〇円＋税
ISBN9784-7814-1166-8 C0095 ¥2500E